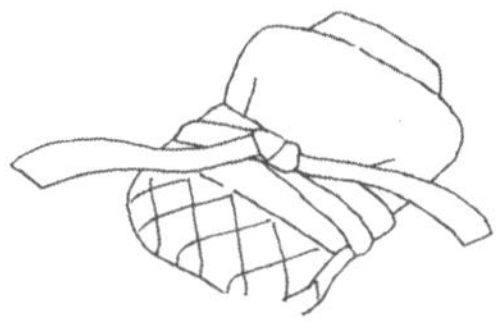

登場人物

山崎氣一郎（やまざき　きいちろう）

小学五年生。しゅみは、マンガを読むことと、ゲーム、昼寝《ひるね》。亡《な》くなったおじいちゃんが、名前に「氣」という文字を入れた。

竹ノ内修真（たけのうち　しゅうま）

となりのクラスの友だち。

幼稚園《ようちえん》のときから合氣道を稽古《けいこ》している。

しゅみは勉強とサッカーで、何をやっても優秀《ゆうしゅう》。

木村和香菜（きむら　わかな）

氣一郎が思いをよせる同じクラスの女子。

小学三年生のときから合氣道を習っていた。

しゅみはピアノ。しっかり者で何にでもよく気がつき、いつもニコニコしているので男子の人気ナンバーワン。

林林子（はやし　りんこ）先生

五年一組の担任《たんにん》の先生。

佐藤広司（さとう　こうじ）先生

合氣道の先生。合氣道五段。
子どもから大人まではば広く教えている。
氣一郎たちの質問や相談に、
いつも親身になって応《こた》えてくれる。

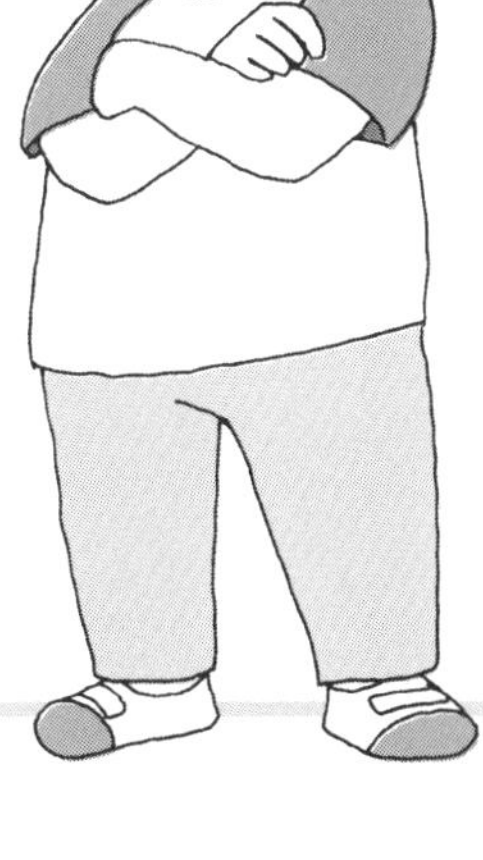

勝田虎之助（かつた　とらのすけ）

氣一郎が苦手なクラスのボス。
身体も声も大きい。

いつも注意されてばかり

小学五年生にあがったばかりのころ、ぼく山崎氣一郎《やまざききいちろう》の毎日は最悪だった。

家ではいつも、お母さんにしかられてばかり。

「氣一郎！　宿題は終わった？」

「どうして落ち着きがないの？」

「塾《じゅく》の成績、また下がったわね……」

学校でも、担任が「林林子《はやしりんこ》先生」という、なぜか「林」が二個もつく先生にかわってから、注意されることが多くなった。この先生はもともと「田中林子」だったのに、結婚《けっこん》してこの名前になったらしい。

「氣一郎くんは、猫背《ねこぜ》で姿勢《しせい》がよくないわね」

「声が小さくて聞こえない。もっと大きな声で読んで」

「先生のいったこと、聞いてなかったの？」

「もっと積極的《せっきょくてき》に手をあげなさい」

いちいちうるさいなあ。ぼくのことなんか、ほっといてくれればいいのに……。

でも、こんな風に注意されてばかりのぼくだから、クラスでも人気がない。

友だちが少ない。もちろんモテない。

あげくのはてに、同じ五年一組の男子たちからは、バカにされ、いつもちょっかいを出されていた。

じつは、勝《かつ》田《た》虎《とら》之《の》助《すけ》という、身体がデカいクラスのボスに、四年生のときから目をつけられていたんだ。

「氣《き》一郎《いちろう》はだらしないし、気が弱《よ》え～な～」

と、みんなの前でしょっちゅうからかわれた。

はずかしいところを見られちゃった

ある日、ぼくといっしょのそうじ当番になった虎之助《とらのすけ》は、とちゅうで、

「おい氣一郎《きいちろう》！　後は一人でぜんぶやっておけ！」

って命令した。でも、気が弱いぼくは、何もいい返せない。

それにつけこんでか、他の子たちも、「ラッキー」「たのむな！」とかいって、みんなで校庭にドッジボールをしに行ってしまった。

しかたなく、最後は自分だけでそうじしたんだ。トホホ……。

すると、それにすぐ気がついたのが、ぼくが保育園のときから好きだった木村和香《きむらわか》菜《な》ちゃんだった。

色白の顔にぱっちりした目、キリッと結んだポニーテール。いつもほほえんで感じのいい彼女は、しっかり者で面倒《めんどう》見もいい。

「どうして一人でやってるの？」

「じつは、みんなとちゅうで遊びに行っちゃって……」

ぼくがそう話すと、気の毒《どく》がっていっしょに手伝ってくれた。

しかもその後、虎之助《とらのすけ》たちに、

「当番だったはずだよね？」

とまじめに注意してくれたんだ。和香菜《わかな》ちゃんは、
正しいことをおだやかに話すし、とってもかわいいから、
あの虎之助でさえ、

「ごめんごめん。つい、ドッジボールやりたくなっちゃって」

と頭をかいていた。

だけど、和香菜ちゃんにカッコ悪いところを見られて、ぼくは、ますます落ちこんじゃった。

まったく自分は、どうしてこんなに情けないんだろう……。

優秀《ゆうしゅう》すぎる男

それに比べて、となりの二組にいる竹ノ内修真《たけのうちしゅうま》はすごい。

背《せ》は高い方で、きりりとした目。

学校でも塾《じゅく》でも成績《せいせき》はトップ。持ち物の用意はいつもカンペキで、わすれものをしたのをだれも見たことがないという。

おまけに運動も得意で、学校のサッカー部では大かつやく。

全校朝礼で、台にのぼってみんなの前で話をしたときは、小学生とは思えないほど堂々としていて、女子たちの熱い視線《しせん》を浴《あ》びていた。

きっと和香菜《わかな》ちゃんも、修真みたいな男子が好きなんだろうな。

いったいどうしたら、あんな風になれるんだろう？

ぼくはずっと彼をねたんで……、いや、うらやましく思っていたんだけれど、四月中旬のある日、思いがけない場所で、彼に出くわした。

駅前を歩いていたら、修真《しゅうま》があるビルの一階に入っていくところを、ぐうぜん見かけたんだ。

看板《かんばん》には、合氣道《あいきどう》の道場だと書かれている。

合氣道ってなんだっけ？

空手ににている武道かな？

「……合氣道やってたんだ」

小さい声でいったのに、さっとふりむいた修真は、同じ学年のぼくだとわかると、笑顔《えがお》を見せてこういった。

「うん。そうだよ」

「へえ。じゃあ、技なんかもかけられるの？」

すると修真は、こちらに向き直り、思いがけないことをいった。

「うーん。技もあるけれど、それだけではなくて他にも大事なことを、いろいろ教えてもらっているんだ」

「大事なことって？」

「日常で役立つこと。たとえば、いつも落ち着いている方法とか、集中する方法とか。もし身につけば、いいことばかりだ」

そりゃすごい！　そんなことを教えてくれるところがあるなんて！

ぼくは思わず、その話に食いついてしまった。わらにもすがる思いで、こう聞いてみた。

「じゃあ、ぼくも合氣道《あいきどう》をやれば、君みたいに、なんでもできるようになるってこと？」

修真《しゅうま》は、ちょっと考えてこう答えた。

「いや、ぼくは別になんでもできるわけじゃないけれど……。きっと、君のプラスにはなると思うよ。よかったら入門してみれば？」

ぼくの名前の秘密《ひみつ》

ぼくの家は、駅から十分ほど歩いた住宅街《じゅうたくがい》にある。

両親が共働きで、子どもは自分一人。夕食はいつも夜九時くらいになる。

その夜、ご飯を食べながら、ぼくはお父さんとお母さんに、「合氣道《あいきどう》を習わせて！」とたのんだ。

お母さんは、おはしを動かしながら、やっぱりブツブツいった。

「またすぐ投げ出すんじゃないでしょうね？　サッカーだってスイミングだって、どれも続けられなかったくせに……」

しかしお父さんは、腕組《うでぐ》みをして、思いがけないことをいいだしたんだ。

「じつは……、亡《な》くなったおまえのおじいちゃんは、晩年《ばんねん》、合氣道を修行《しゅぎょう》していて、それでおまえに名前をつけるとき『氣』という文字を入れたらしいよ。もし生きていたら、合氣道《あいきどう》をやるように勧《すす》めていたかもしれないな」

初めて聞いた！

お母さんも、思い出したようだ。

「そういえば、確かにそんなことをおっしゃっていたような……」

おじいちゃんはお父さんの親で、ぼくが小さいころ亡《な》くなった。

自分の名前をつけてくれたことは知っていたけれど、「氣一郎」の「氣」の文字は、「元気の氣」だとわかりやすく説明されていた。

まさか、合氣道の「氣」だったなんて！

インターネットで調べてもらうと、修真《しゅうま》が通っている道場の先生は、おじいちゃんの先生の孫弟子だった。

お父さんは、興奮《こうふん》気味にいった。

「もしかすると、おじいちゃんのお導《みちび》きかもしれないな！　氣一郎が立派《りっぱ》に育ってくれるようにって！」

こうしてお母さんもしぶしぶ納得《なっとく》し、ぼくは合氣道《あいきどう》を習い始めることになったんだ。

極意その一　自然な姿勢《しせい》をとるべし

道場に行ってみた

毎週木曜日、道場に通うことになった。

初めての稽古《けいこ》の日、学校から帰ると、バッグに白い道着を入れて出発した。

家の近くの市営公園は、ちょうど桜《さくら》が終わって若葉の季節。

駅前まで歩き、商店街にあるビルの入り口から入っていく。

一階には、広い道場と更衣室《こういしつ》がある。

合氣道《あいきどう》の「子どもクラス」の生徒は、小学一年生から中学生まで十五人くらいいるらしい。

みんな出会うなり「こんにちは！」「こんにちは！」と大きな声であいさつしてき

た。

な、なんだ？　このあいさつのすごさは？

めっちゃ元気だなあ。

更衣室《こういしつ》で道着に着がえ、白い帯をしめる。

うん。かっこよくていい感じ。

でも、合氣道《あいきどう》の稽古《けいこ》って、どんなことをするのかな。

緊張《きんちょう》して、何度もつばを飲みこんだ。

畳《たたみ》がしきつめられた道場に向かうと、入るときは静坐《せいざ》して一礼することを他の子に教えてもらった。

ふつうは「正座」と書くけれど、「心を静めて坐《すわ》る」という意味で、ここでは「静坐」という字を使っているんだって。

修真《しゅうま》は、すでに正面に向かって静坐している。

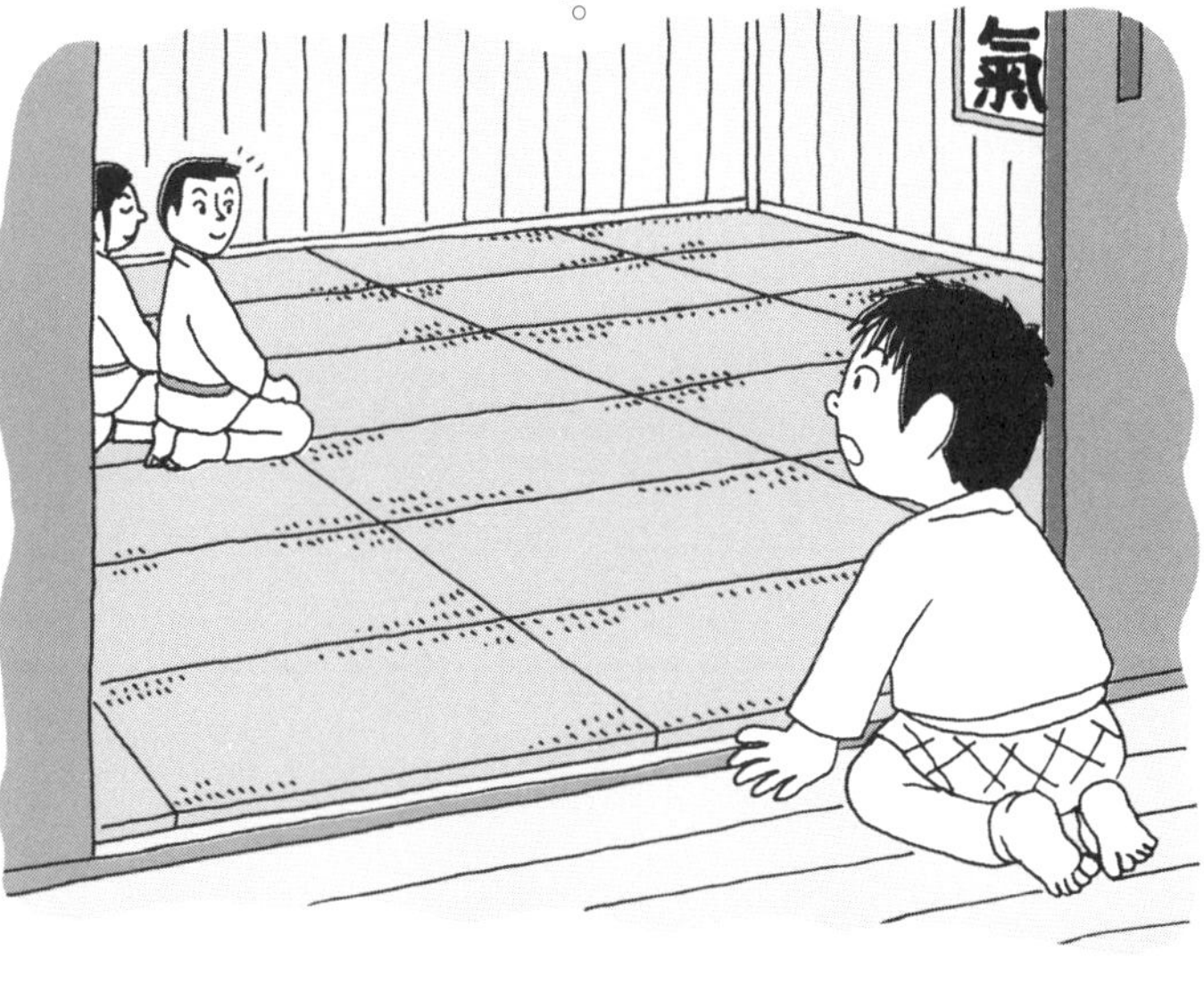

ホント彼は、何をやっても準備が早いんだな。

彼の帯の色は、白のぼくとちがって紫《むらさき》だ。級が上だと帯の色もちがうんだ。ぼくは五年生で始めたんだから、仕方ないけど……。

そして、ふと気がつくと、修真《しゅうま》のそばに、見覚えのある女子がいる！

和香菜《わかな》ちゃんだ！

「君も習ってたの？」

ぼくが目を丸くしてたずねると、ニッコリ笑ってこう答えた。

「そうなの。護身術《ごしんじゅつ》を身につけたいと思って。精神的にも強くなりたいし」

和香菜ちゃんの帯はオレンジで、先に始めた修真よりは級が下だという。修真は四級、和香菜ちゃんは七級らしい。

みんなで横一列に並《なら》んで静坐《せいざ》する。

やがて合氣道《あいきどう》を教えてくれる佐藤先生が、白い道着の上に黒いはかまを身につけて現《あらわ》れ、ぼくたちと向かい合って静坐した。もちろん帯の色は、有段者《ゆうだんしゃ》のしめる黒。

氣

男の先生だけれど、ちょっと太っていて、まるでどこかの県のゆるキャラみたいだ。

笑顔がやさしくて、正直ほっとした。

全員で正面に礼をした後、先生に「お願いします！」と一礼。

柔軟体操《じゅうなんたいそう》をした後は、受け身の稽古《けいこ》があった。

前回りの受け身や、後ろにコロンと転がる受け身がある。受け身ができるようになると、転んでもケガをしにくくなるんだって。

佐藤先生は、やり方がわからない初めてのぼくに、横でていねいに指導《しどう》してくれた。

一通り終わると、生徒たちはササッと移動し、元の場所に横一列に並《なら》んで静坐《せいざ》する。ものすごい速さだ。瞬間《しゅんかん》移動っていう感じ。

ぼうっとしていたぼくは、戻《もど》るのがおくれてしまった。すると、他の子たちが、ぼくが静坐する場所をわざわざ空けて入れてくれた。みんなやさしいなあ。

ぼくの「気をつけ」の仕方はまちがっていた

いつの間にか佐藤先生が前に立ち、話を始めている。

「今日は、自然な立ち方を稽古《けいこ》します」

そういって、自然な立ち方をやってみせてくれたんだけど、ぼくは周りの様子に気をとられて、ろくにその話を聞いていなかった。

次に、みんなで実際《じっさい》にやってみることになった。

道場に散らばり、二人一組になって立ち方を稽古する。

組む相手がいなくてモタモタしていたら、和香菜《わかな》ちゃんが前にやってきて「いっしょにやろう」と声をかけてくれた。向かい合って静坐《せいざ》して頭を下げ、

「お願いします！」

とあいさつしてから立ちあがる。

和香菜《わかな》ちゃんが説明してくれたんだけど、自然な立ち方ができているかどうか、おたがいに肩《かた》をおしてヨロけないかどうかをテストするんだって。

これを「氣《き》のテスト」というらしい。

まずは和香菜ちゃんの番。一回つま先立ちになってから、ふわっと立っている。

「じゃあ、おしてみて」

というので、ぼくが「氣のテスト」をしてみると、ぜんぜん動かない。

すごい！　いったいどうやったら、こんなに安定して立てるんだろう？

「次は氣一郎くんの番よ」

「う、うん……」

立ち方だなんて、いったいどうやったらいいんだろう？

少なくとも、猫背《ねこぜ》はダメだろうな。

ぼくは、どこかの軍隊《ぐんたい》の兵隊《へいたい》みたいに、ピシッと気をつけをしてみた。

背筋《せすじ》を伸《の》ばし、胸《むね》を張《は》り、アゴを引いた。

和香菜《わかな》ちゃんは、ぼくの肩《かた》をそっと手でおした。

すると、あっという間にヨロヨロして、たおれそうになる。

「あちゃー！」

思わず声が出て、これじゃダメなんだとわかった。

するとと佐藤先生がそばに来て、もう一度自然に立つ方法を教えてくれた。

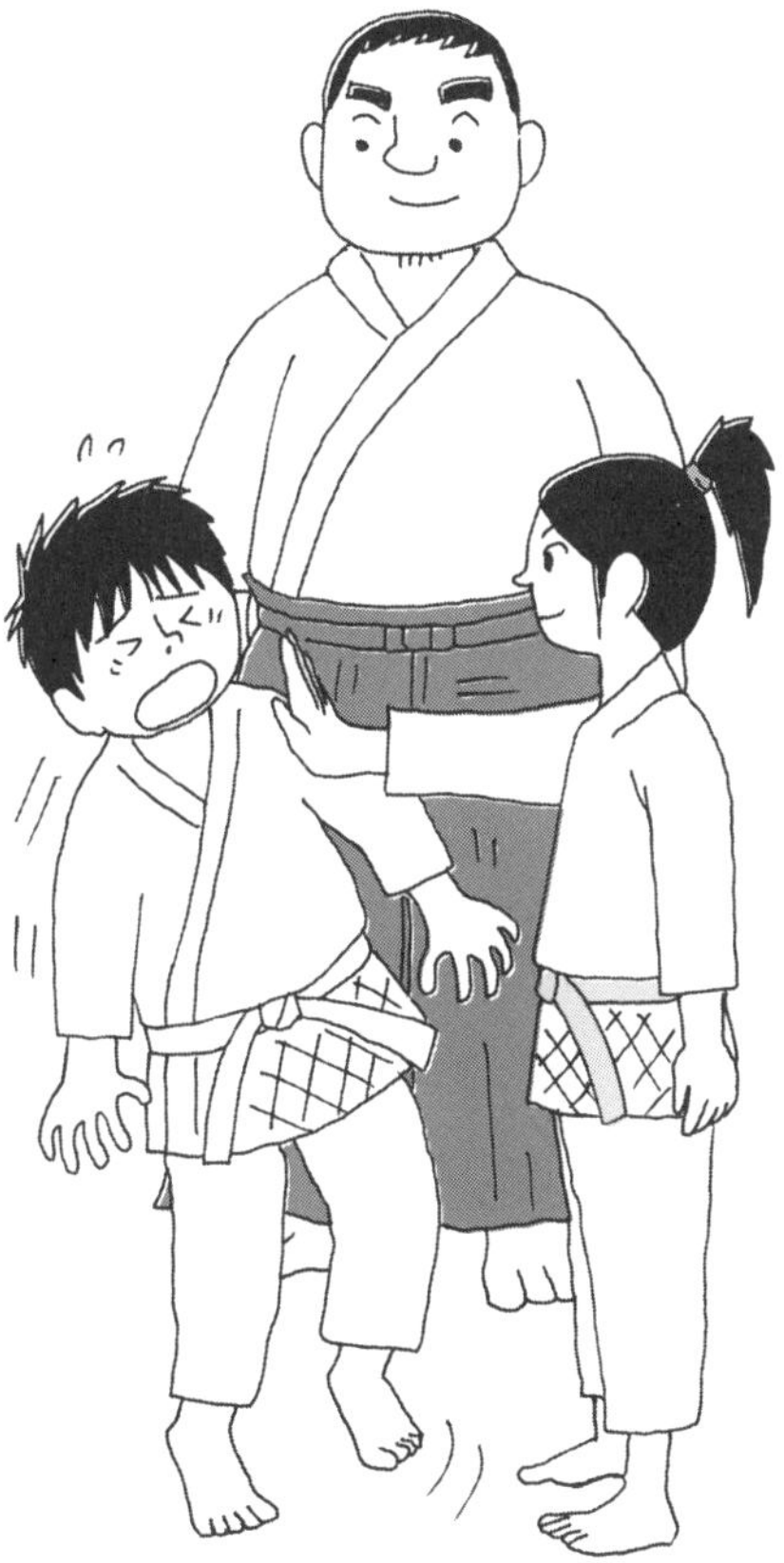

自然な立ち方

【自然な立ち方】

まず、足ぶみをする。そのときの足のはばが、立つときに一番ぴったりしているはばだ。足はばが決まったら、そのまま、つま先立ちをする。これは、つま先にまで意識《いしき》を向け、足先まで氣《き》が通うことをしっかりと身につけるためだ。

最初は、何かにつかまって立ってもいい。つま先立ちのまま何歩か歩いてみたり、軽くジャンプしてみたりする方法もある。

するとだんだん慣《な》れて、身体の余計《よけい》な力がぬけ、グラつかなくなる。

これができたら、そっと、かかとをおろす。

足ぶみ
つま先立ち
そっとかかとをおろす

先生は、こう説明してくれた。

「身体に余分《よぶん》な力を入れないことがポイントだ。力を入れていると、そのうちつかれてしまうよね。それに、力が入って身体が硬《かた》くなると、ケガをしやすい。身体が緊張《きんちょう》していると気持ちも落ち着かなくなり、人前であがりやすくなる」

なるほど〜。今までのぼくに、けっこう当てはまっている。

最初はうまくいかなかったけれど、何回か繰《く》り返すと、ぼくもようやく安定する立ち方ができるようになった。

そして、先生に「氣《き》のテスト」をしてもらう。

すると、おお！　不思議！　今度は、ちっとも動かない。

ぼくにも、一つクリアできたぞ！

その後、先生が自然な姿勢《しせい》で立った身体をおさせてもらうと、岩山のようにどんと安定している。

見た目は、どこかのゆるキャラみたいなのに、さすが、すごい！

二人一組の稽古《けいこ》が終わると、みんなはまた横一列に並《なら》んで静坐《せいざ》した。

先生は、前に立ってこう話した。

「優秀《ゆうしゅう》なスポーツ選手は、最初からこの自然な姿勢《しせい》ができているんだよ。だから走ったり動いたりしても、身体がブレないんだ」

へえ〜！　先生は、こう続けた。

「次に、動いたときも身体のバランスがいいかどうか、だれかに実際《じっさい》にやってもらおうかな。修真《しゅうま》くん、前に来て！」

「はい！」

修真はさっと立って前に出た。中学生の大きな男子二人も呼《よ》ばれた。

そして、自然な姿勢で立った修真の両肩《りょうかた》を、中学生たちが二人がかりで上から力いっぱいつぶす。

もちろん、少しもゆるがない。ぼくなら、すぐペシャンコにつぶされていることだろう。

そこへ先生が、声をかけた。

「では、そのまま足ぶみしたり、前に歩いたりしてみて」

修真《しゅうま》は、中学生に両肩《りょうかた》をおされたまま、余裕《よゆう》の表情で足ぶみを始めた。

上半身がブレず、足を動かしても、安定したままだ。

ぼくならきっと、片足をあげたとたんに、ズッコケてしまうことだろう。

とうとう、おさえつけている二人をものともせずに、どんどん前に歩いていってしまった。

すっげー！　ぼくは目をぱちくり。

そんな修真を、和香菜《わかな》ちゃんは目をキラキラさせて見つめている。

「よし！　しっかりできたね」

佐藤先生は、修真たちを下がらせ、こういった。

「自然な姿勢《しせい》で立つ稽古《けいこ》を繰《く》り返せば、このように、動きの中でもバランスがとれているようになる」

【自然な姿勢《しせい》】

・最も楽な姿勢
・最も長く続けられる姿勢
・最もバランスのとれた姿勢

自然な座《すわ》り方

静坐《せいざ》の仕方も習った。

【自然な静坐の仕方】

まず畳《たたみ》に膝立《ひざだ》ちになり、足の指を立てる。
足先まで氣《き》が通うように、つま先はふれるだけにする。
そして、肩《かた》を上下に動かし、余分《よぶん》な力をぬく。
足の指を伸ばし、おしりをふわっとおろす。
両足の第一指（親指）は重ね、両手は太ももの上に軽く置く。

でもまだぼくは、ちょっと座《すわ》っていただけで、立ちあがるときどうしても、「しびれた〜。痛《いた》い〜。歩けない〜」ってヨロヨロしちゃった。

家では椅子《いす》に座るから、静坐《せいざ》の仕方なんか覚えなくてもいいのに……、と思っていたら、佐藤先生が、ぼくの心を見すかしたようにいった。

「椅子に座るときも同じだよ。肩《かた》を何回か上げ下げして、身体の力をぬいてから座る。そのとき、仙骨《せんこつ》（腰《こし》の後ろ側の骨）が起きているようにする。これができると、長時間座ってもつかれないんだ」

ふーん。ぼくはいつも教室で、クラゲみたいにフニャフニャな姿勢《しせい》で座っているけれど、ああいう姿勢はやっぱりよくないんだろうな。

しっかり見ることの大切さ

自然な姿勢《しせい》を確認《かくにん》した後は、いよいよ合氣道《あいきどう》の技を稽古《けいこ》した。

「一教《いっきょう》」という名前の技。

自分を攻撃《こうげき》してきた相手の手を、逆にこちらがつかんで技をかける。一教、二教《にきょう》、三教《さんきょう》……と、いろいろ種類があるらしい。

先生は六年生の男子の生徒を相手に、一教の技を、ゆっくり何度もやってみせた後、みんなを二人ずつ組ませ、稽古させた。

でもぼくは、何をどうしていいのか、ちっともわからない。すると佐藤先生はそばに来ていった。

「何かを覚えるときは、まずはよく見ることが大切だよ。相手のどこを持って、どっちに返すか。さあ、しっかり見て。そしてそれをまねするんだ」

佐藤先生は、スローモーションでもう一度やってみせてくれた。

いわれたぼくは、今度は目を皿のようにして注意しながら見てみた。

すると、なんとなくわかってきて、少しは動けるようになった。

ふと見ると、修真《しゅうま》や和香菜《わかな》ちゃんは、さっと上手《じょうず》に技をかけている。

すごいな。あんな風になりたいな。

こうして、合氣道《あいきどう》の初めての稽古《けいこ》は、無我夢中《むがむちゅう》のうちに終わった。

帰り道、和香菜ちゃんは、ぼくにこう聞いてきた。

「どう？　おもしろかった？」

「うん！　目から巨大なウロコがボトンと落ちた感じ。今まで知らなかったことばかりだった！」

すると、ピアノを習っている和香菜ちゃんは、こんなことを教えてくれた。

「自然な姿勢《しせい》はいろんな場所で役立つんだよ。ピアノを弾《ひ》くときも、つい肩《かた》があがったり、腕《うで》に力が入ったりしがちなの。でも身体の力をぬいて、自然な姿勢で弾けば、つかれなくって、しかも、音の響《ひび》きまでかわってくるんだ」
ほお〜。なんと合氣道《あいきどう》は、スポーツだけでなく、音楽にも応用できるのか。

景色がかわった

次の日学校に行くと、和香菜《わかな》ちゃんは、「おはよう」と向こうからあいさつしてくれた。

「お、おはよう……」

ぼくも、小さい声で返事をした。

道場のなかまになれて、なんだかうれしいな。

授業《じゅぎょう》が始まる。

いつものように、机《つくえ》につっぷしてクラゲになっていたぼくが、顔をあげてちらりと見ると、和香菜ちゃんは、佐藤先生に習った自然な姿勢《しせい》で座《すわ》っている。

……そうだ。自然な姿勢だ！

ぼくは、仙骨《せんこつ》を起こして座り直してみた。

すると、びっくり！

頭の位置が高くなって、教室がよく見渡せるようになった（笑）。

やっぱり姿勢《しせい》って大事だな。

自然に腰《こし》が起きた姿勢をとっていれば、第一印象もよくなったりして……。

和香菜《わかな》ちゃんもぼくのこと、見直してくれたりして……。

そして、将来《しょうらい》はついに結婚《けっこん》して！

などと、妄想《もうそう》をふくらませていると、とつぜん授業《じゅぎょう》をしていた林子《りんこ》先生と目が合ってしまった。

「今日は姿勢がいいわね」

やった！　初めて先生にほめられた！

ところが、次の瞬間《しゅんかん》。

「じゃ、氣一郎《きいちろう》くん、次のところ読んで」

……トホホ。なんてこった。国語の教科書の音読が当たっちゃった。

みんながぼくを見る。とたんにあがって、頭に血がのぼってくる。

「ほら、氣一郎《きいちろう》くん」

林子《りんこ》先生にうながされ、しぶしぶ立ちあがる。

すっかり姿勢《しせい》のことはどこかに飛んでしまい、うなだれて下を向いたまま、教科書をボソボソと読み始めた。

いつものことだけれど、大きな声を出すのは苦手。

胸《むね》がドキドキして、頭の中が真っ白になり、どこを読んでいるのかもわからなくなってくる。

ようやく読み終え、席に着いた。

すると、一番後ろの席の虎之助《とらのすけ》が、大声でからかってきた。

「蚊《か》の鳴くような声って、こういうのをいうんだな！　いや、それよりも小さいから、ひょっとしてノミか？」

虎之助のなかまたちが、ドッと笑った。

ひ、ひどい……。
林子《りんこ》先生が、
「そういうことは、いっちゃいけません」
と虎之助《とらのすけ》を注意している。
その後授業《じゅぎょう》が続いても、ぼくの耳には、しばらく何も入ってこなかった。
またクラゲの姿勢《しせい》になって、しばらく机《つくえ》につっぷしていた。
でも何分かして思い出した。
そうだ、姿勢だ、姿勢！
また自然な姿勢で座《すわ》り直す。
がんばろう、自分。まだまだダメなところだらけだけど……。

極意その二　氣《き》を出すべし

落ちこむ日々

虎之助《とらのすけ》たちからのちょっかいは、学校以外でもあいかわらず続いていた。

ある日、のんびり道を歩いていたら、虎之助と数人のなかまが後ろから追いかけてきて、こう声をかけられた。

「おい、氣一郎。おまえひょっとして『名探偵《めいたんてい》チャールズ』持ってない？」

それは今、テレビアニメにもなっている人気バツグンのマンガ。

「う、うん……持ってるけど？」

そう答えてしまってから、しまったと思った。きっと貸《か》してっていわれるにちがいない。

虎之助《とらのすけ》は、目をキラリと光らせていった。

「よかった！　じゃ、後で家に借《か》りに行くから。いいな？」

「……いいけど。すぐに返してね？」

「もちろん！」

家に帰ったら、一時間もしないうちに虎之助たちがやってきて、マンガ七冊《さつ》を借りていった。

だけどいやな予感がした通り、それから一週間たっても二週間たっても、返してくれないんだ。

でも虎之助が怖《こわ》くて、ぼくにはとても文句《もんく》がいえない……。

氣《き》が出ているとは？

マンガのことが気になって暗い気持ちの中、合氣道の稽古《けいこ》に何回か通った。最初はアタフタしていたぼくも、少しずつ慣《な》れてきた。

するとある日、佐藤先生は、「氣」の話をしてくれた。

待ってました！　いよいよぼくの名前の「氣」の意味がわかるぞ！

「日本語には『氣』がつく言葉がたくさんあるよね。たとえば、元気、気力、病気……。氣っていったいなんだろう。氣は、ぼくたちの心や身体の状態《じょうたい》と深く関係している。しかし、氣は人間の身体の中にだけあるんじゃない。大自然に満ちているものなんだ。ぼくたちは大自然の一部であり、大自然の氣を、自分という存在《そんざい》で囲《かこ》っているにすぎない」

おお！　氣は大自然に満ちているものだったんだね。

ぼくだけのものじゃ、なかったんだ。もっと、すごいんだ！

先生は、氣《き》を海の水にたとえた。

「海の中に入って水を手で囲《かこ》うと、その水は『自分の水』ともいえるが、もともとは『海の水』でもあるよね。『手の中の水』は、『手の外の水』と常に行ったり来たりしていれば、よどむことはなく、きれいなままだ」

確かに。水は一カ所にたまったままだと、くさってしまう。

「同じように、『自分の中の氣』と『外の氣』はたえず通《かよ》っていて、これがうまくいっていると、人は健康でいられる。このような状態《じょうたい》を『元気』という」

ほお、それが元気だったのか！

氣は、自分の中と外を、行ったり来たりしていないとダメなんだ。

先生は、質問《しつもん》した。

「たとえばどんなときに、君たちの氣はうまく外に出ていると思いますか？　つまり、元気だと思いますか？」

するとみんな、それぞれ手をあげて答えた。

「テストの点数があがって、やる氣《き》が出てきたとき」

「体育の授業《じゅぎょう》でとび箱をかっこよく飛べたとき」

「やりたいことをしているとき」

「先生にほめられたとき」

先生は話を進める。

「こういうときはだれでも、目が生き生きと輝《かがや》き、顔の色つやもよく、表情も楽しげで、姿勢《しせい》もよく、声もハツラツとして大きいよね」

確かに、そうだ。

「氣が出ているとなぜか、長時間がんばってもつかれない。集中力があるから物事が能率《のうりつ》よく進む。何より気分がよく楽しい。この調子ならなんでもできそうな気がしてきて、自信がみなぎっている。氣が出ると、また大自然の氣が自分に入ってくるからだ。では反対に、氣が出ていないのは、どんなときだろう？」

みんなが順番に答える。

「親にしかられて落ちこんだとき」

「やりたくないことを、イヤイヤやったとき」

「きらいな食べ物を無理やり食べたけれど、やっぱりおいしくなかったとき」

「おまえなんかサイテーだとけなされて、自信がなくなったとき」

先生は説明する。

「氣《き》が出ていないと、元気がなさそうで、暗い感じになり、声も小さくなる。ひどくなると、本物の病気になってしまう。氣がよどんでしまうからだ。よく『病は気から』っていうよね。これは本当のことなんだよ」

元気がなさそうで、暗い感じで、声も小さい……。

まるで自分のことをいわれているみたいで、すっかりブルーになってしまった。

つまりぼくは、氣が出ていないっていうこと?

折れない腕《うで》

するとと先生は、次にこういった。

「物事がうまくいかないと、つい氣《き》が引っこんでしまいがちだけれど、そういうときこそ、自分から氣を出すことが大事なんだ。ではどうやったら氣が出るか、これから実際《じっさい》にやってみせます」

え？　自分から氣を出すことなんかできるの？

ぼくは、目を見開いて注目した。

「氣を出すには、まず土台となる姿勢《しせい》ができていないといけない」

先生は、肩《かた》の力をぬき、自然な姿勢で立っている。そして、左腕を前に出した。

「氣が、指先からはるかかなたに向かって出ている感じでやってみるよ。では、だれかこの腕を曲げてみてください」

先生に呼《よ》ばれた中学生の男子が、前に出て、先生の左腕を力いっぱい曲げようとしてみた。

でも、びくともしない。「折れない腕《うで》」になっている！

「これが、氣《き》が出ている状態だ。だから腕も強くなっている。でも、もしこのとき、土台となる姿勢ができていないと、すぐに曲げられてしまうだろう」

先生はわざと、全身に力を入れた不安定な姿勢《しせい》で立ってみた。そしてまた腕を前に出した。中学生の男子がそれを曲げようとすると、今度はあっという間に曲がってしまう。

説明が終わり、二人一組になって稽古《けいこ》が始まった。

ぼくは、修真《しゅうま》と組んだ。

修真はもちろん、「折れない腕」がカンペキにできている。ぼくがいくら曲げようとしても、曲がらない。

次はぼくの番。すっと立って、左腕を出してみた。

だけど、その腕《うで》はあっさり曲げられてしまった。

「うーん。なかなかうまくいかないな……」

頭をかいていると、修真《しゅうま》がこうアドバイスしてくれた。

「自然な姿勢《しせい》ができているかどうか、まず氣《き》のテストをしてみよう」

ぼくが立ったところに、修真が氣のテストをしてみる。

するとすぐにヨロけて、たおれそうになった。

「この前はできたと思ったのに……」

アセったぼくに、修真がこういってくれた。

「自然な立ち方を、ゆっくり落ち着いてやってみて」

足ぶみをして足はばを決め、つま先立ちをして、力をぬき、かかとをおろす。

何回か繰《く》り返すと、やっとまた氣のテストをしてもヨロけないようになった。

それからまた左腕を出す。修真がいった。

「消防ポンプのホースから水が出ていることを思い浮かべるといいよ」

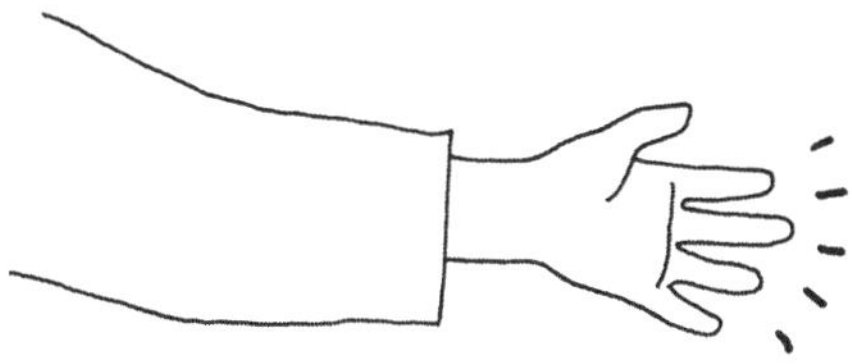

よし。指先から氣《き》が出ている感じだな。

シュー！

何かが、ぼくの中からほとばしり出ているような気もしてきた。

でも、いざ修真《しゅうま》が腕《うで》を曲げようとすると、やっぱり曲がってしまったんだ。

いったいどうして？

そこへ佐藤先生がそばに来て、指導《しどう》してくれた。

「全身を一つに使うようにするといいよ」

「全身を一つに使う？」

「そうだ。曲げられないようにと意識《いしき》すると、腕ばかり意識して氣が滞《とどこお》ってしまう。腕だけではなく全身で支えようと思えば、姿勢《しせい》も安定したままで乱《みだ》れない」

確かに、修真に腕を持たれたとたん、腕のことばかり考えて、全体がおろそかになったのかもしれない。

もう一度、自然な立ち方をやって、腕《うで》を伸《の》ばし、全身が一つになった感じを思い浮かべる。そして氣《き》を出す。

今度はどうかな？

修真《しゅうま》が、ぼくの腕《うで》を曲げようとする。しかし、今度は曲がらない。

「ええ？　ホントに？」

まさか、お芝居《しばい》じゃないよな？

佐藤先生が曲げようとしたけれど、やっぱり曲がらない！

そうか。これが氣《き》が出た状態《じょうたい》、氣が出ている腕なんだ！

先生は、ニッコリ笑った。

「よし！　できたね。今の感じをわすれないように」

ぼくにもやっと、自分の名前の「氣」の意味が、少しずつわかってきた。

「氣」の漢字について

心身統一合氣道では「気」という新字ではなく旧字の「氣」を使っている。旧字の中にある「米」は八方に広がっている形だからだ。氣は四方八方に出すべき、という教えに基《もと》づき、あえてこちらの字を使うようにしている。

またまたピンチ

しかし学校では、あいかわらずうまくいかない。虎之助《とらのすけ》はマンガを返してくれないし、おまけにまたまた事件が起こった。

うちの小学校は、毎年六月に学芸会を開く。

ぼくたち五年一組は、「ふしぎの国のアリス」の劇《げき》をすることになった。

五月初めの朝の会の話し合いで、役決めがあり、ぼくは「ねむりネズミ」の役になった。いつもねむそうにしているネズミなんてぴったり……。

ここまではよかった。

ところが全員の役が決まった後、林子《りんこ》先生が、こんなことをいいだした。

「『最初の言葉』をいう人も決めましょう。全員を代表して、これから五年一組の劇を始めますってあいさつする人よ」

すると、虎之助《とらのすけ》が大きな声でいった。

「それ、氣一郎《きいちろう》がいいよ」

がーん！　ど、どうして？

虎之助はニヤニヤするばかり。

ひええ〜！　それって、またもや、いじめ？

林子《りんこ》先生は、ぼくにたずねる。

「がんばって、やってみる？」

ぼくは、消え入りそうな声で答える。

「……む、無理です。ぼく、人前で話すの、得意じゃなくて」

でもそのとき、和香菜《わかな》ちゃんがぼくの方を見て、こういったんだ。

「だいじょうぶだよ。できるよ。ほら、氣を出して！」

和香菜ちゃんは、「折れない腕《うで》」をやってみせている。

そうか。こういうときこそ、氣を出せばいいのか……。

そう思ったとたん、知らぬ間に口が勝手に動いていたんだ。

「わかりました。やります……」

ひえ～！　自分ったら、なんてことを！

こうしてつい勢《いきお》いで、ぼくはけっきょく、その役を引き受けることになってしまった。

朝の会が終わった後、和香菜《わかな》ちゃんが近づいてきて、そっとこうアドバイスしてくれた。

「道場で佐藤先生に相談してみれば、きっとうまくいくと思うよ」

声にも氣《き》を通す

合氣道の日、ぼくは稽古《けいこ》が始まる前に、和香菜《わかな》ちゃんにつきそわれて（笑）、佐藤先生に学芸会のことを相談した。

「ぼく、人前に立つと、すぐあがっちゃうんです。いったいどうしたらいいんでしょう……」

するど先生は、その日の稽古のとき、みんなの前でいい方法を教えてくれた。

「この前は氣を出す話をしたよね。氣が出ていると、いろいろないい事がある。たとえば視野《しや》が広くなって、周りがよく見渡せるようになる。舞台《ぶたい》に立つときも、氣が出ていれば、客席のすみずみまで冷静によく見える。反対に氣が引っこんでいると、自分の目の前のことにとらわれて、そこだけしか見えなくなる」

そして先生は、ぼくが聞いたことに答えてくれた。

「大ぜいを前にしたとき、『自分が見られている』と思うと、氣《き》を引いてしまい、たくさんの人の視線《しせん》が気になってあがってしまう。でも反対に『自分が相手を見ている』と思ったとたん氣が出て、一人一人の表情まで落ち着いて見られるようになる。つまり、あがらずに済《す》むんだ」

なるほど！　自分からお客さんたちを見ていると思えばいいんだ！

少し、希望がわいてきた。先生はぼくの方に向き直った。

「どう？　これで学芸会もうまくいきそうかい？」

「は、はい。でもぼく、声が小さいんですが……」

すると先生は、声にも「氣を通す」ことを教えてくれた。

「声を出すときには、心と身体をリラックスさせ、全身から楽に声を出す。そのとき『折れない腕《うで》』の実験でやったように、声にも氣を通すようにすると、のびのび声を出せる。ノドに力を入れるのではなく、深く息をして、全身から声を出すんだ」

そういえば、佐藤先生の気合いや号令は、とても力強くて、道場いっぱいに響《ひび》き渡る。ぼくも、それをまねすればいいんだろうな。

それからというもの、ぼくは道場でも大きな声を出すように心がけた。

最初にやる体操《たいそう》のときは、交代で、

「一！　二！　三！　四！」

と号令をかける。

そのときも、思い切って、氣を出してやってみることにした。

「一！　二！　三！　四！」

よし！　前よりはだいぶ大きな声が出せるようになったぞ！

ほんの一歩前進

ぼくは家でも、全身から大きな声を出す練習をした。

舞台《ぶたい》に立ったつもりになって、セリフを何度もいってみた。

そして六月初旬にむかえた学芸会当日。会場の体育館には、児童と保護者《ほごしゃ》がいっぱい。土曜日だったので、お父さんやお母さんも見にきてくれた。

一年生から順番にやって、とうとう五年一組の番。最初にぼくがマイクの前に立って「最初の言葉」をいう。舞台に立つと、足はふるえる、冷や汗《あせ》は出る。

でも、ぼくは自分にいい聞かせた。

こっちからみんなを見ている気持ちでやればいい。そう信じて、客席を見た。

お母さんが手をふっているのが、はっきり見えた。

よし、声に氣《き》を通して話すぞ！　さあ！

思い切って口を開いた。

「これから五年一組が、ふしぎの国のアリスの劇《げき》をします。ぼくたちはこれまでずっとがんばって練習してきました。どうぞ楽しんで見ていってください」

パチパチパチ……。拍手《はくしゅ》が起きる。ぺこりと頭を下げ、アタフタと引っこむ。

でも、いえたぞ！

無事に学芸会が終了。家に帰ったら、お父さんもお母さんも、

「氣一郎《きいちろう》、がんばったね。すごいね！」

と、めちゃくちゃほめてくれた。

心を決める

ちょうどそのころ、道場では「心を決める」という言葉を習った。佐藤先生が稽古《けいこ》のとき、ある中学生の男子に質問《しつもん》をした。しかし、モジモジしてだまっている。すると先生は、こんな話をした。

「もし答えがまちがっても、私は怒《おこ》ったりしないよね？　それなのにだまっているのは、心が決まっていないからだ。わからないなら、わかりません、といえばいい。むずかしいなら、むずかしいといえばいい。何もいわなければ、相手には何も伝わらず、私にも、君が何に困《こま》っているのかがわからない。これでは、合氣道《あいきどう》の技で相手が攻撃《こうげき》してきたときに、固まってしまって何もできないのと同じだよ」

ふーん。モジモジして何もいわないのって、ぼくとにているけど……。

「何かをするときには、心を決めることが大事だよ。返事をするなら、どう答えるか心を決める。朝起きるときには、さあ起きようと心を決めて飛び起きる。将来《しょうらい》学校や職業《しょくぎょう》を選ぶときも、自分はここに進もうと心を決める。心を決めるとは、自分の心をぜんぶその目標に向けるということだ。反対に心を決めないままだと、何をやっても、ちゅうとはんぱに終わってしまう」

このやりとりを聞いていて、ぼくにはピンときた！

虎《とら》之《の》助《すけ》は、まだマンガを返してくれない。それなのに返してほしいと伝えないぼくは、心が決まらず、固まってしまった状態《じょうたい》なのかもしれない。

よし！　一つ心を決めてみるか。

そう思ったぼくは、次の日、教室で虎之助に思い切って近づいていき、とうとうこういったんだ。

「貸《か》したマンガ、返してくれよ！」

……い、いえた！

でもいい終わったとたん、冷や汗《あせ》が、タラタラ。

しかも虎之助《とらのすけ》は、あっさりこう切り返してくる。

「まだみんなでマンガを回してさ。オレのとこに返ってこないの。そのうちぜったい返すって。それに、おまえはもうぜんぶ読んだんだから、急がなくたっていいだろう？」

「…………」

けっきょく、それ以上はいい返せなかった。まだ読んでいるのならしかたない、なんて思っちゃって。

ひょっとして、ぼくっておめでたい？

それともやっぱり、氣《き》が引っこんでしまったのか……。

極意その三　心を静めるべし

イライラする毎日

学芸会が終わると、また勉強ばかりの毎日になった。

ぼくは、姿勢《しせい》にだけは気をつけるようになったけれど、授業中《じゅぎょう》も、ゲームやマンガのことばかり考えて、ノートのすみに落書きとかしている。

だから、先生に指されても、「……へ？」と、ポカンとなって、あいかわらずみんなに笑われることが多かった。

それにしても、五年生になって勉強がますますむずかしくなったなあ。

算数でも、図形の面積だけでなく、立体の体積を求めるとか、頭の中がこんがらがるような問題が出される。

教科書をチラッと見るだけで、頭がパンクしそう……。

とても理解《りかい》できそうにないことばかりだ。

そんなある日、ぼくは合氣道《あいきどう》の道場で、ちょっとしたトラブルを起こしてしまった。

一年生の男の子が、稽古《けいこ》が始まる前、調子にのって走り回っていた。ぼくは、他の子たちとふざけあってしゃべっていた。

すると、背《せ》を向けて立っていたぼくに、その一年生の子がドンとぶつかってしまったんだ。

「いてぇー！」

けっこう痛かった。ふだんはひかえめなぼくも、小さい子が相手だったので、ついカッとなってどなってしまった。

「何するんだ、気をつけろ！」

ところが、その子はびっくりして、大きな声で泣き出したんだ。

びえーんびえーんと泣いているのを、和香菜《わかな》ちゃんたち女子がなだめている。

修真《しゅうま》まで近づいてきて、

「どうしたんだ？　何をしたんだ？」

と大さわぎ。

周りの子たちも、騒然《そうぜん》となって、ぼくとその子を取り囲んでいる。

そのとき、いつの間にか佐藤先生が道場に入ってきた。でもぼくたちは、この事件にすっかり気をとられて、それに気づかなかった。

「いったい何のさわぎだ！」

先生が、ぼくたちにいきなり大きな声をかけたので、みんなビクッとなってふり向いた。

和香菜ちゃんが、先生に事情を説明している。

先生はすぐに、ケガをした子がいなかったかどうか聞いた。ぼくは、おずおずと申し出た。

「いえ、だれもケガはしてないと思います。だいじょうぶです……」

先生はみんなの無事を確認《かくにん》すると、しゃくりあげている一年生の子に、やさしく話しかけた。

「氣一郎《きいちろう》くんに怒《おこ》られたんだって？　でも君も気をつけなくちゃいけないよ。周りを見ずに走り回るのはやめようね」

一年生の子は、こくりとうなずき、やっと泣き止んだ。

それから先生は、ぼくの方に向き直った。

「いったいどうして、大声をあげてしまったんだい？」

「それは、痛かったから……」

「でも、そんな風にすぐ怒《おこ》ったりして心が静まっていないのなら、せっかく合氣道《あいきどう》をしたとしても、何も身につかないんだよ」

「え……？　何も身につかない？」

ぼくにはまだ、先生が何をいっているのか、よく意味がわからなかった。

だから正直に心を決め、

「心を静めるって、どういうことですか？」

と質問《しつもん》した。すると先生はうなずいて、「では今日はその話をするから」といい、いつものように稽古《けいこ》が始まった。

臍《せい》下《か》の一点

その日、佐藤先生が前に立って話してくれたのは、こんな内容だった。

「稽古《けいこ》を始める前には、必ず心を静めよう。いや、稽古のときだけでなく、心を静めていないと、どんなこともうまくいかなくなる」

ぼくは、じっと話を聞く。先生はいう。

「心が静まっていないと、何かに気をとられて周りが見えず、さっきみたいにだれかが来ても気づかなかったりする。武道の場合、これではお話にならない。もし相手が、人でなく車だったりしたら、大変なことになる。私も小学生のとき、交通事故にあったことがあるんだよ」

「ええ?」

みんな思わずどよめいた。

「母親のいうことを聞かず、周りを見ずに道路を渡《わた》ったら、車にはねられ、二メートルもふっとばされてしまった」

だれかがいった。

「大ケガだったんですか？」

「いや、そのときから合氣道《あいきどう》を習っていたので、運よく前回りの受け身をくるりととって、たいしたケガもせずに済《す》んだ。それでも、ぶつかったひざは、けっこう痛かったけれどね」

「……よかった」

「心が静まっていなかったから、自動車に気がつかなかったんだと思う。だから、心を静めることは大事なんだ。君たちも、大ケガをするのはいやだろう？」

うんうん。なんだか、だんだんわかってきた。そして佐藤先生は、こういった。

「では今日は、心を静めるために、『臍下《せいか》の一点』について教えよう」

セイカの一点？　初めて聞く言葉だ。

先生は、和香菜《わかな》ちゃんを前に呼《よ》んで、ある実験をした。

「まず、自然な姿勢《しせい》で立ってみて」

和香菜ちゃんは、身体の力をぬいて立つ。先生が氣《き》のテストをしてみると、もちろん動かなかった。

そして佐藤先生は、和香菜ちゃんにこういった。

「その姿勢のまま、『頭にきた！』といってみて」

和香菜ちゃんが、かわいい声で「頭にきた！」とさけんだら、みんなクスリと笑った。

そのとたん、佐藤先生が氣のテストをしてみると、すぐに和香菜ちゃんはヨロけた。これってどういうことなんだろう？

先生は説明した。

「頭のことを考えたとたん、気持ちが上にあがってしまい、心が乱れて、姿勢《しせい》がくずれたんだよ。心と身体は密接《みっせつ》な関係にあるからね。さっき君たちが、ケンカしてさわいでいたときも、同じような状態《じょうたい》だ」

なるほど。確かに頭にきちゃってました……。

「心は本来、静まるべきところがあるんだよ。その場所を『臍下《せいか》の一点』というんだ」

セイカは、「へその下」という意味で、「臍下」と書くらしい。

そして先生は、その一点がどこにあるかを教えてくれた。


【臍下の一点の見つけ方】


まず、自然な姿勢で立つ。それから、おなかに指を置き、そこに力が入るかどうかを試してみる。

お臍《へそ》のすぐ下だと、力が入る。そこから、指をだんだん下の方におろしていく。

力が入るようならまだ高い。かなり下まで来ると、力が入らないところがあるはずだ。

そこが臍下の一点だ。

臍下の一点

みんなで立って、自分の臍下《せいか》の一点を探してみた。先生が回ってきて、正しい場所かどうか教えてくれる。

臍下の一点は、おへそより、かなり下の方だった。

心を静めたところで、佐藤先生が氣《き》のテストを行う。

安定していれば、動いたり、ヨロけたりしないはずだ。

しかしぼくは、おされたとたん、おされまいと思って、身体がゆらりと前に動いてしまった。先生が、周りの子に聞いた。

「これは、静まっている?」

みんな、「ちがいます」と答える。

本当に心が静まっていると、むやみに反応せず、落ち着いたままだという。

しかも、この状態でいれば周囲《しゅうい》がよく感じとれるという。

何度か繰《く》り返すと、ぼくもやっと、心を静めて立つことができた。

なんだか気持ちも、すっかり落ち着いていた。

なるほど、あのときも、そもそもぼくの心が静まっていれば、周囲《しゅうい》がよく見えて、あの子とぶつからなかったはずだ。

もしぶつかってしまっても、心が静まっていれば、怒《おこ》り出したりしなかっただろう。

頭を冷やして考えてみれば、一年生の子を相手にどなるなんて、確かに心がせますぎだし……。

だから、稽古《けいこ》が終わった後、さっきの一年生の男の子にも、

「どなって、ごめんね」

って、素直《すなお》にあやまることができた。

心の状態《じょうたい》を示す呼吸《こきゅう》

その次の週、佐藤先生は、今度は呼吸の仕方について教えてくれた。

みんなで静坐《せいざ》して、息を吸《す》ったりはいたりする。それまでのぼくは、自分がどんな風に息をしているかなんて、考えたこともなかった。

佐藤先生は、まず、こう問いかけた。

「こういう息の仕方になるときは、どんなときだろう？　ハアハア……」

荒《あら》い息をするのがわざとらしくて、みんなゲラゲラ笑った。

だれかが、こう答えた。

「走ったり、運動したりしたときです」

先生はうなずいた。

「そうだね。運動したときは、激《はげ》しい呼吸になるよね。じゃあ、こんなときはどんな呼吸《こきゅう》になると思う？　たとえば人前に立って、ものすごく緊張《きんちょう》したとき」

和香菜《わかな》ちゃんが答えた。

「なんだかゼイゼイしてきます」

確かに、ぼくもそうなる。先生はいう。

「そうそう。緊張したり、怖《こわ》くなったりしたときは、呼吸が浅くなったり荒《あら》くなったりするよね。これは、運動したときの激しい呼吸とはまたちがう呼吸だ。悪い夢を見て飛び起きたときも、そんな感じじゃない？」

うんうん。ぼくは最近、虎之助《とらのすけ》が近づいてくると、また何か命令されるんじゃないかと思ってアセり、息がゼイゼイしてくるけれど、あれも同じ状態《じょうたい》なのかな？

「心の状態が乱《みだ》れていると、呼吸も乱れる。反対に、静かで深い呼吸をしていれば、心も静かになってくるんだ。心と深く関係している呼吸の仕方には、気をつけなくてはいけない。時代劇の『斬《き》られ役』は、呼吸がハアハア浅くていかにも弱そうだろう？　でも主役の『剣豪《けんごう》』は、真剣勝負のときも呼吸が静かに整っていてかっこいい。あれをお手本にすればいいんだ」

なるほどね！　確かに佐藤先生の呼吸《こきゅう》はいつも静かだ。だからきっと強いんだ。

氣《き》の呼吸法《こきゅう》

そして先生は、深い呼吸をして気持ちを落ち着ける『氣の呼吸法』のやり方を教えてくれた。

【氣の呼吸法】

自然な姿勢《しせい》で静坐《せいざ》し、軽く目をつぶって、口を『あ』の形に開き、静かに息をはく。

ハーッと音がしてよい。

はき終わったら、少し頭をかたむけて、そのあと、口を軽く閉じる。

そして今度は鼻から息を少しずつ吸《す》い、

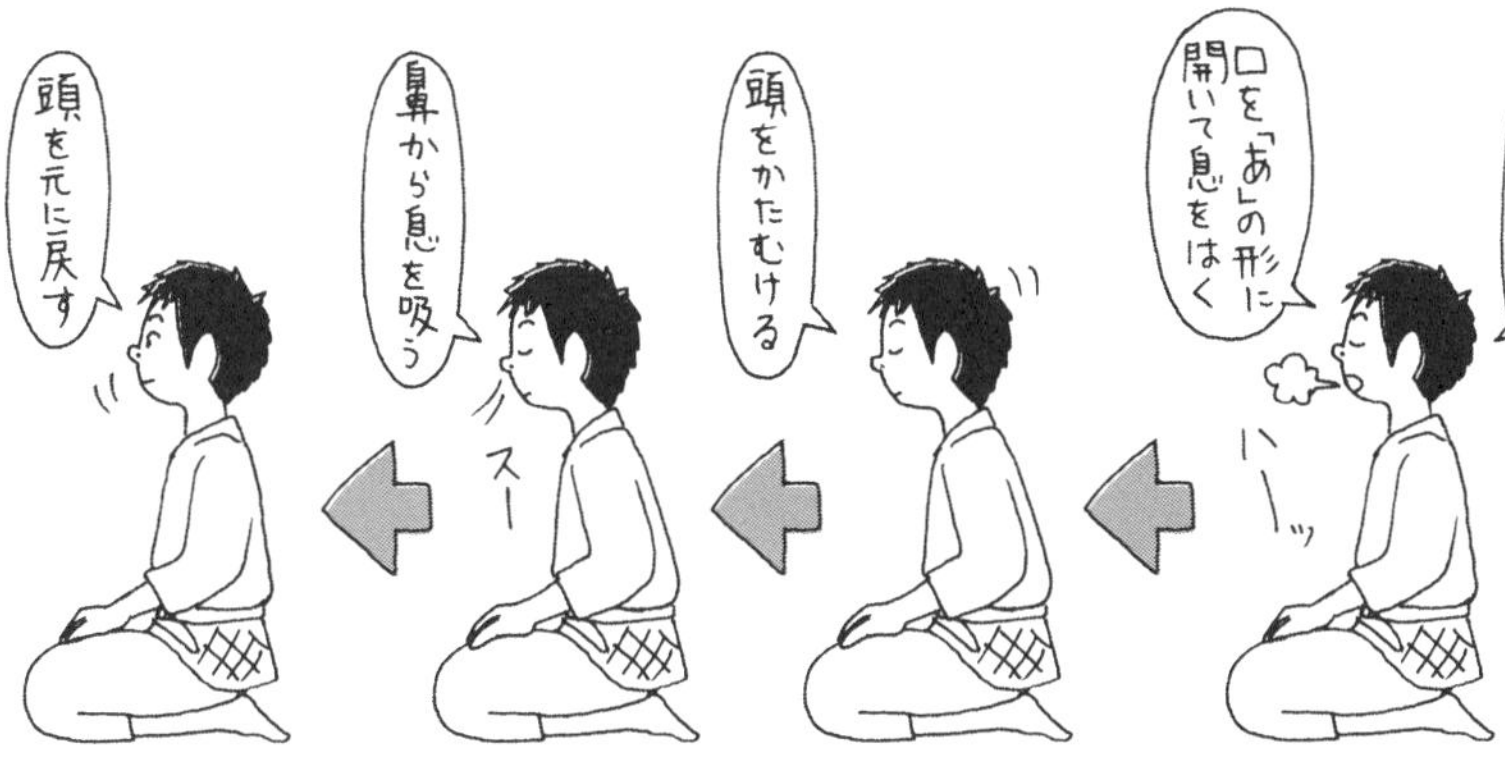

吸《す》い終わったら頭を元に戻《もど》す。

これを何度か繰《く》り返す。

初心者は、まずはく方だけ、やってみてもよい。


次にみんなも、道場に散らばって静坐《せいざ》し、氣《き》の呼吸《こきゅう》法をやってみた。

何回かやると、身体の力をぬいて楽に行うことができた。

確かに、気持ちが落ち着いてきたな。

すると、だれかが質問《しつもん》した。

「でも、ふだんの生活では、なかなか人前で、ハー、って息をはくのはむずかしいんじゃないですか?」

すると先生は、こう答えた。

「そんなときは、ひと呼吸でも、深い呼吸をしてみるといいんだ。すると、緊張《きんちょう》が解けてくる。テストや試合のときも、試してみるといいよ」

そうか。このことを学芸会の前に習っていたら、もっと落ち着いていられたかもしれない。先生は、こうさとす。

「静かで深い呼吸《こきゅう》は、感情が爆発《ばくはつ》してしまいそうなシーンでも役立つ。たとえば、頭に血がのぼって怒《おこ》ってしまいそうになったときや、イライラしたとき、パニックになりそうなとき……。静かに息をはき、一呼吸置いて、心を静める。感情にまかせてひどいことをいってしまったり、暴力《ぼうりょく》をふるってしまったり、そんな最悪の結果になる前に、ぜひやってみてね」

なるほど、この前も、一年生の子とぶつかって頭にきても、すぐに深い呼吸をして、心を静めればよかったんだ。

心を静める

こうして、ぼくはだいぶ合氣道《あいきどう》の稽古《けいこ》にも慣《な》れてきた。

受け身も、スムースにクルリととれるようになったんだよ。

技はまだまだ、見よう見まねだけれど……。

稽古を重ねるうち、心を静めることも、だんだんできるようになってきた。

それまでの自分が、いかにいつもバタバタ、オロオロしていたのかよくわかる。

学校や塾《じゅく》でも、深い呼吸《こきゅう》をして心を静めると、前よりはだいぶ落ち着いていることができた。

すると、不思議なことが起こった。なかなか頭に入ってこなかった林子《りんこ》先生の話が、急によくわかるようになったんだ。

それまでは、心が静まっていなかったから、気持ちがあちこちにいっちゃって集中できなかったんだと思う。

そしてある日、林子《りんこ》先生が算数の時間に、立方体の体積の問題を出したとき、

「はい。答えがわかった人！」

と聞かれて、自分もすっと手をあげることができたんだ！

2センチ×2センチ×2センチなら、答えは8立方センチメートルだよな。

きっと、これなら合ってるって自信があった。

こんなこと、一年生のとき以来かもしれない（大笑）。

「では、氣一郎《きいちろう》くん！」

当たっちゃった。当たり前か、手をあげたんだから。

ぼくは、深い呼吸《こきゅう》をしてから立ちあがり、大きな声で答えた。

「8立方センチメートルです！」

「正解！」

みんなが、おおーっと、おどろいてくれた。別にむずかしい問題じゃないけれど、

ぼくが自分から手をあげたのが何年かぶりだったからだ（汗《あせ》）。

ふだん細かいことを注意してばかりだった林子《りんこ》先生が、ニコッと笑った。

「がんばってるわね、氣一郎《きいちろう》くん」

「……は、はい」

ぼくは、モジモジしながらも、うれしくてしかたがなかったよ。

極意その四　心をこめてあいさつすべし

あいさつゲーム

七月に入り、道場では、佐藤先生の指導《しどう》で「あいさつゲーム」をすることになった。

友だちに会ったとき、だれが先に「こんにちは！」をいうか、というゲームだ。

先生は、こう説明した。

「あいさつするときは、心を使うことが大事だ。どんな風に言葉を発するかで、相手に与える印象はまったくかわってしまう。顔をきちんと見てほほえみながらいうあいさつは、相手にも喜ばれるだろう。しかし、目をそらしたままだったり、他に気をとられているのがわかってしまったりすると、がっかりされてしまう」

先生は続ける。

「だれかに会ったら、自分の方から元気に『こんにちは』といおう！　自分からあいさつをした人は、心を使っている。だから、本当の意味のあいさつをしたといえる。しかし、相手にあいさつされてから、オウム返しのように繰《く》り返しても、それはただの返事にすぎない」

そういえば、今までのぼくは、いつも返事のあいさつしかしていなかったな。

「先にあいさつした人と、いわれてからあいさつした人とでは、心の使い方がちがっている。できればこちらから先に、積極的《せっきょくてき》に氣《き》を出して、あいさつしたいところだね」

というわけで始まった「あいさつゲーム」。

道場でだれかに会ったら、自分から先に素早《すばや》く、

「こんにちは！」

という。おくれた方は「負け」ということになる。

ぼくもがんばって、「こんにちは！」「こんにちは！」というようにした。

でも、のんびりしているぼくは、なかなか先にいえない。

修真《しゅうま》や和香菜《わかな》ちゃんは、今までも学校で自分から積極的《せっきょくてき》にあいさつしていたから、人気があるのかもしれないな。

相手のどこに視線《しせん》を向けるか

佐藤先生は、あいさつに関して、こんなことも教えてくれた。

「よく、人と向かい合ったときは相手の目を見てというけれど、これはなかなかむずかしいよね。じいっとだれかの目を見たら、『アンタ、何、ガン飛ばしてんの』と、かえって相手を怒《おこ》らせてしまうかもしれない」

ガン飛ばして……のところで、みんなドッと笑った。先生もニコッとする。

「そもそも、ずっと目を見ているのはキツい。しかし、目をそらしてしまうと、何かを秘密《ひみつ》にしているように思われたり、場合によっては、きらわれているとかんちがいされたり……。そこで、こういうときは、相手の『鼻のあたり』を見るといいんだ。こうすれば相手は、自分を見てくれていると安心するし、自分はきちっと相手に心を向けているから相手の様子もよくわかる。どう？　いい方法だろう？」

へえ！　ぼくは今まで、だれかと話すときいつも緊張《きんちょう》していたけれど、相手の鼻を見ればいいのなら、楽にできるかもしれないぞ！

と思っていたら、先生がこうつけ加えた。

「鼻のあたりを見るといっても、鼻だけじいっと見つめるんじゃないよ。相手の一部だけではなく、相手の顔全体を見るということだからね」

確かに、鼻だけガン見してたら、おかしいね（笑）。

校長先生にほめられた！

ぼくは、あいさつゲームで練習したことを、学校でもやってみようと思った。

なにしろ、和香菜《わかな》ちゃんも同じクラスにいるから、道場でだけやって学校でやらなかったら、手をぬいていることがすぐにバレてしまう。

だからそれからというもの、教室で朝、和香菜ちゃんに会うと、同時くらいのタイミングで「おはよう！」っていうようになった。

他の子と会ったときも、なるべく自分からあいさつしてみる。すると、

「え？　あ、ああ……、おはよう～」

とかいって、目を丸くする子もいた。

へへん。そうなんだ。ぼくはもう、むかしの自分とはちがうんだ。

せっかくだから、先生とろうかですれちがったときも、「おはようございます！」っ

ていうようにした。

林子《りんこ》先生はともかく、他のクラスの先生にいきなり声をかけるのは、最初はすごくはずかしかったけれど、「おはよう！」ってあいさつを返してもらえると、ちょっとうれしくなった。

そしてある日、わたりろうかを歩いていたら、向こうから校長先生が歩いてきた。

うわ……。どうする？　校長先生だぞ？

でも、あいさつして怒《おこ》られることは、絶対《ぜったい》ないはず……。思い切ってさけんだ。

「おはようございます！」

先生の鼻のあたりを見ることもできなくて、見ていたのはネクタイのあたり……。

でも、

「おはよう！　いいあいさつだね。えらい、えらい！」

って、ほめてもらえた。

飛びあがるほどうれしかった！

まだまだ修行《しゅぎょう》が足りない

夏休みが近づき、急に暑さがきびしくなった日曜日のことだった。ぼくは、だれか遊ぶ相手がいないかなと思って、市営公園をブラブラ歩いていた。

この公園には、中央に大きな池があり、その周りに遊歩道《ゆうほどう》や花だんがある。

ところがふと見ると、向こうのベンチに、とんでもない子が座《すわ》っていることに気がついた。虎之助《とらのすけ》とそのなかまたちだ。

何かを手に持って、ガヤガヤ話している。

しかし、そのとき、その男子たちが、

「チャールズ……」

とかなんとか、話している声が耳に入ってきたんだ。

目をこらしてみると、どうも、ぼくのマンガをみんなで見ているらしい。

七冊ぜんぶ、今あそこにあるみたい。

ぼくは、両手のこぶしをにぎりしめた。

……よし。もう一度たのんで返してもらおう。

そして、ツカツカと虎之助《とらのすけ》たちに近づいていったんだ。

こんな自分、以前なら考えられないことだった。

やつらの前に立つ。虎之助が、チラリとぼくを見た。

「なんだ……?」

ここでぼくは先生に習った通り、虎之助の鼻のあたりを見ながら、こういった。

「返して！　そのマンガぼくのでしょ？　もう三ヶ月くらいたってるし」

よし、いえた！

ところが、虎之助はニヤリと笑うと、マンガを手にとり、立ち上がって、こういった。

「ほしかったら、とってみろ～！」

それから、ダッと走り始めた。

え？　しばらくポカンとして、すぐに動けなかった。

やっと我《われ》に返り、追いかけ始める。

「待て！　返せったら！」

虎之助《とらのすけ》は、あっという間に、花だんの向こうまで行って、あろうことかふり返って「おしりペンペン」までしている。

それからまた、どんどんにげていく。意外と足が速い。

公園の中をぐるぐる走り回る。ぼくは、必死に追いかける。

他の男子は、そんな様子をバカにし、ゲラゲラ笑って見ている。

くやしくて、はずかしくて、頭に血がのぼってきた。

見失うまいと、ずっと背中《せなか》を追いかけて走った。

虎之助が、急に方向をかえた、次の瞬間《しゅんかん》。

ドボーン！

え？　気がつくと、池の中に落ちていた。

うっそ〜。なんで？

ひっくり返ってずぶぬれ。浅い池の水の中に、おしりをついて座《すわ》ったかっこうになっていた。

パンツまで水がしみてきて、冷てえ。

じつは虎之助《とらのすけ》は、池の中の飛び石に飛びのったのに、ぼくは、まだ道が続いているように思ってしまっていたんだ。足下を見ていなかったせいだ。

「ひゃあ！　落ちた落ちた！」

近寄ってきた男子たちは、お腹《なか》をかかえて笑っている。虎之助は、

「おろかなやつ……。こいつにつける薬はねえな」

とかいいながらピョンと岸に戻《もど》ると、マンガをその場に放り投げ、

「ほら、返してやったぞ」

とかいいながら、なかまたちとゆかいそうに帰っていったんだ。

やっとマンガが戻《もど》ってきた。でも、ぼくは悲惨《ひさん》……。

さすがに涙《なみだ》がにじんだ。よろよろと池からあがり、マンガを拾い集める。


ぬれた服で帰るのは、とってもはずかしかった。

家に着くと、お母さんに見つかって、「いったいどうしたの?」と大さわぎ。

「転んで池に落ちて……」

と、適当にいいわけした。着がえてシャワーをあびる。

部屋に入ると、肩《かた》を落として床《ゆか》に座《すわ》りこんだ。

いったいどうして、池に落ちちゃったんだろう。

そうか。虎之助《とらのすけ》たちにはやしたてられ、心が静まらず、周りが見えていなかったんだ。

またやっちゃった……。まだまだ修行《しゅぎょう》が足りないな。
でも、七冊《さつ》ぜんぶ返してもらえたから、まあ、いいか。
そう思い直して、久しぶりに戻《もど》ってきたマンガを開いてみた。
すると、がーん！
あちこちボロボロになって、中には破《やぶ》れているページもある。
ひどい。いったい何人で回し読みしたんだろう。
ぼくの大切なマンガ……。お年玉をはたいて買った、宝物《たからもの》だったのに！
くやしい。虎之助《とらのすけ》のやつ！　ぜったい許《ゆる》さない！
ぼくは、マンガ七冊をだきしめ、お母さんに気づかれないように、声を殺して泣いた。
こんなこと、親にも林子《りんこ》先生にもいえやしない。
チクったなんてバレたら、それこそ何をされるかわからないし……（涙《なみだ》）。

極意その五　できると信じるべし

いつもノロノロのぼく

夏休みに入った。

やったー！　これからはのんびりできるぞ！

しばらくは、虎之助《とらのすけ》の顔も見ずに済《す》む！

そう喜んでいた矢先、いつも仕事や家事でいそがしいお母さんが、ぼくにこう命令した。

「もう五年生なんだから、これからはゴミ捨《す》ては、氣一郎《きいちろう》の仕事よ！」

ひええ。どうしてぼくが？

お母さんが、いつも大変なのはわかるけど……。

火曜日と金曜日は燃《も》えるゴミの日。水曜日は燃えないゴミ。土曜日は段ボールやアルミ缶《かん》などリサイクルできる資源《しげん》ゴミの日。

ふう……。こりゃ大変だ。なぜならもともとぼくは、毎朝、こんな風に過《す》ごしていたからだ。

お母さんに起こしてもらい、それからベッドの中でしばらくボーッとして、それからまた「ご飯よ」と呼《よ》ばれて、やっと一階におりていく。

それなのにこれからは、朝八時までにゴミ出しをしなくてはならない。そんなのどう考えても無理っぽい。でもお母さんは強引にゴミ出しをさせようとする。

「早く食べて！」

「急いで行かないと八時に間に合わなくなるわよ！」

かなきり声を何度も聞いてから、いやいや動く。

アスファルトの道を、ゴミ袋《ぶくろ》をひきずって歩く。セミがミンミン鳴くのを聞くと、なんだかよけいイライラする。ホントに毎朝、ユーウツ。

突《つ》かれる前に動く

すると、七月の終わりの週、こんなトロいぼくにぴったりの合氣道《あいきどう》の稽古《けいこ》があった。相手がこぶしで突いてくるとき、さっとよける練習だ。佐藤先生は、こう指導《しどう》した。

「相手が突いてきて、それから動いたのではおそい。相手の氣を感じたら、突かれる前に動く」

それから、二人組になって、みんなで稽古を始めた。

ぼくは、下級生の女の子と組んでやってみたけど、いつも突きをよけきれず、ドツかれてばかり（涙《なみだ》）。

「あ、いてっ！　うわ！　やられたあ！」

もちろん、小さな女の子の突きは、ホントはぜんぜん痛くなかった。

しかし、ぼくが突《つ》きを繰《く》り出すと、相手の女の子は、ひょいひょいと、半身《はんみ》（技を稽古《けいこ》するときの姿勢《しせい》）になって動く。

佐藤先生が回ってきて、ぼくがやられているのを見て、こういった。

「心が静まっていないと、相手の心の状態がわからず、すぐに動けない。臍下《せいか》の一点に心を静めて、相手のこぶしだけでなく、相手全体を見るようにしてごらん」

ぼくは、女の子と向かいあって、心を静め、相手の全体を見るようにしてみた。

すると、相手の身体が動きはじめる前に、突こうとする氣《き》がこっちに向かってくるのを、確かに感じられるようになった。

こうなれば、さっとすぐ動くことができる。

なるほどね〜。

虎之助《とらのすけ》に走ってにげられたときも、心が静まっていれば、氣が動くのがわかって、すぐに反応できたにちがいない。

稽古《けいこ》の最後に、先生は、こんな話をしてくれた。

「心を静めることは、ふだんの生活でもいかせる。たとえばみんな、お家でよく怒《おこ》られたりしてない？」

ぼくは首をたてにふった。他の子たちも「怒られる～」とボヤいていた。先生は続けた。

「心が静まっていないと、周りが見えず、何を注意されているのかをすぐに理解できない。だから同じ事で何度も怒られる。でも心が静まっていれば、何をするべきかよくわかるから、同じミスはもう二度としなくなる。つまり、心が静まっていれば怒られる回数が減《へ》るんだ」

なるほど～。

「説教《せっきょう》される時間もかわる。心が静まっていれば、何を怒られているかすぐに理解できるから、親は『わかったね』と説教を短い時間で終わらせられる。ところが心が静まっていないと、何がいけないのかなかなか伝わらず、どうしても説教が長くなってしまう」

そうか。お説教が長引くのはそのせいだったのか（汗《あせ》）。

「だから、ふだんの生活でも、いつも心を静めているようにしよう。やるべきことをすぐに理解し、素早《すばや》く動くように心がけよう」

もともと道場では、いつもサササッと動くようにいわれている。

体操《たいそう》をした後、道場のはじに全員が移動《いどう》するとき。二人で組んで行う稽古《けいこ》の後、また一列に並《なら》んで静坐《せいざ》するとき。

近ごろ、みんながモタモタしていたら、佐藤先生は、

「一、二、三……！」

と、秒数を数えるようになった。三秒以内に移動ができないと注意される。

「ノロノロしているのは、心が静まっていないからだよ」

なるほど。こういう稽古をしているから、合氣道《あいきどう》をやっている子の動きは、いつも速いんだな。

合《あい》氣《き》道《どう》をゴミ出しに応用してみた

そこでぼくも、教わったこのことを、日常の生活に応用してみることにした。

朝、ベッドの中でぐずぐずしていても、お母さんが部屋のドアを開けて「起きなさい！」という前に、その氣を感じて飛び起き（笑）、「おはよう」といってみた。

お母さんの、びっくりした顔！

こんなこと、生まれて初めてだったからね。

それから、「朝ご飯よ！」といわれる前に、ダイニングの食卓《しょくたく》に着く。

するとあろうことかお母さんは、

「どこか具合でも悪いの？」

とか、わけのわからないことをいい出した。

「ちがうよ。合氣道《あいきどう》で習ったんだ。攻撃《こうげき》される前に氣を感じて動くって……」

「攻撃？」

「いや、なんでもない……。とにかくなんでも早めにするってこと！」

それから、「早くゴミ出してきなさい！」といわれる前にさっさと出してきちゃう。

そうか。これこそ、修真《しゅうま》がやっていた素早《すばや》い行動だな！

おかげでノロノロしているより、時間の節約になり、いつもより、好きなゲームを早めに始めることができちゃった。

それに、こうやってなんでも素早くやるようになったら、それまで一時間かかっていた夏休みのプリントが、わずか十分で終えられるようになった！

……っていうか今までのぼくは、どれだけ時間をムダにしていたんだろう（汗《あせ》）。

統《とう》一《いっ》体《たい》

こうしてぼくは、合氣道《あいきどう》について、少しずついろいろなことを覚えていった。

でも、やるべきことがいっぱいあると、逆《ぎゃく》に頭の中が混乱《こんらん》してきた。

だから、夏休みも終わりに近づいたころ、ある日佐藤先生に、思いきって質問《しつもん》してみた。

「先生、いろいろ教えてもらって、なんとなくわかってきたんですけれど、自然な姿《し》勢《せい》とか、心を静めるとか、氣を出すとか、深い呼吸《こきゅう》をするとか、いくつもやることがあると、なかなかぜんぶできません。いったいどうしたらいいんですか？」

するど先生は、するどい目をしてこういった。

「いい質問だ。じつは、今、氣一郎くんがいった、心を静める、氣を出す、深い呼吸をする……ということは、同じ状態《じょうたい》を、別の言葉でいっているだけなんだよ」

「え？　同じこと？」

「自然な姿勢《しせい》をとり、臍下《せいか》の一点に心を静めて、氣《き》を出すのが理想だよね。これらがぜんぶできている状態《じょうたい》を『統一体《とういったい》』という。このときはもちろん、呼吸《こきゅう》も深く静かになっている。じつはぼくたちの目指していることは、これなんだ」

「そうだったんだ！　目指す理想の姿《すがた》は、統一体！」

「いや、正しくは、『統一体になって何をするか』が大事なんだよ。統一体で合氣道をする、勉強をする、スポーツをする、仕事をする……」

先生は、さらに教えてくれた。

「最初は、姿勢とか、氣を出すこととか、一つ一つに気をつけないとできないけれど、何度も何度も繰《く》り返すと、やがていちいち意識《いしき》しなくても、いつの間にかいつでも統一体でいられるようになる。大事なことは、あきらめずにそこまで稽古《けいこ》を繰り返すことだ」

「……なるほど。やっとわかりました！」

そうか。できるようになるまで、何回も繰《く》り返すことが大事。
そんな当たり前のことに、ぼくはようやく気づいたのだった。

心の倉庫《そうこ》

二学期に入った。

合氣道《あいきどう》を始めて数ヶ月たち、ぼくはもう、以前とはずいぶんちがう。

学校でも自分から「おはよう！」ってあいさつするようになったから、今まで話さなかった子たちと友だちになれた。

道場で習った通り、家や学校の玄関《げんかん》でくつをぬいだ後は、きちんとそろえる。

集中力がついたせいか、じつは成績《せいせき》もあがってきた……。

そんなある日、佐藤先生は道場でこういった。

「今日は『心の倉庫』の話をします。むずかしい言葉でいうと『潜在意識《せんざいいしき》』のことですが……」

センザイイシキ？　ぼくは最初、洗濯《せんたく》をするとき使う洗剤《せんざい》のことかと思ったけれど、どうやらちがうらしい。ふだん自分でも気がつかない「心の倉庫《そうこ》」を、潜在意識《せんざいいしき》というそうだ。

「??」と首をかしげているぼくたちに、先生はわかりやすい話をしてくれた。

「では、ちょっと聞いてみよう。みんなの家の冷蔵庫《れいぞうこ》には、どんなものが入っていますか?」

よし、これならわかるぞ(笑)。ぼくたちは、順番に答えた。

「牛乳!」「お肉」「魚」「野菜」……。

そこへ、先生がこういった。

「でもそこに、もしくさって悪くなったものが入っていたらどうだろう?」

みんな「うへえ!」と顔をしかめてこう答えた。

「くさくなる」「においが移っちゃう」「他のものまでくさっちゃう」……。

先生は、うなずいた。

「そうだね。大事な冷蔵庫に、ふつう、そんなものは入っていてほしくないよね。じつはこれは、ぼくたちの『心の倉庫《そうこ》』でも同じことなんだ」

倉庫ねえ。ぼくの心にも、そんなものがあるのかな？

「心の倉庫には、毎日、いろいろな感情や言葉がしまいこまれる。たとえば、今日感じたことはどんなこと？　合氣道《あいきどう》は楽しいな、とか、佐藤先生はイケメンでやさしいな、とか」

みんな、ここで笑った。

「しかしそこへ、マイナスの感情や言葉が入ってきたら大変なんだ。もし、○○は向いていない、○○さんは怖《こわ》くてきらいだ、というマイナスの思いが心の倉庫にしまわれてしまうと、それを思い出したとき、最初から気が重くなり、やる気も出なくなってしまうだろう」

うんうん。ぼくはそういう意味では、算数が苦手だから、いつもやる前から気が重かった。

「心の倉庫に、こういうマイナスなものを入れるのをやめよう。たとえば、算数がいやだと思うと、ますますいやになってしまう」

あ、それ、ぼくのことです……。

「どんなことでも、プラスの見方とマイナスの見方ができる。マイナスな見方だと気づいたら、すぐにプラスな見方に置きかえること。算数が得意じゃないけれど学校は楽しい、前より少しは点数がよくなった、などと、プラスの面を見てみるんだ」

そうだ。確かにぼくは、苦手な算数でも、ときどき答えがわかって手をあげられるようになった。

「人についても同じだ。苦手なタイプの人でも、思っていたより意外とやさしいところがあるな、小さい子の面倒《めんどう》見はいいな、時間には正確だな……、と、その人の全体を見て、いいところを探すようにしてみよう。心の倉庫《そうこ》がプラスなもので満たされていれば、自分の考え方や行動も、自然とプラスなものになる。いつもプラスなものだけ、心の倉庫にしまう習慣《しゅうかん》をつけよう」

そして先生は、こんなことも教えてくれた。

「それでも、どうしてもマイナスな考えばかり浮《う》かんだら、フッと息を吹《ふ》いて、それを吹き飛ばすのもいい」

へえ、それくらいなら、ぼくにもすぐできそうだぞ。

……ぼくが一番苦手で、いやなもの。

思わず虎之助《とらのすけ》を思い浮かべ、フッと息をはいて、心の中で吹き飛ばしてみた。

確かに、少し気が楽になった。

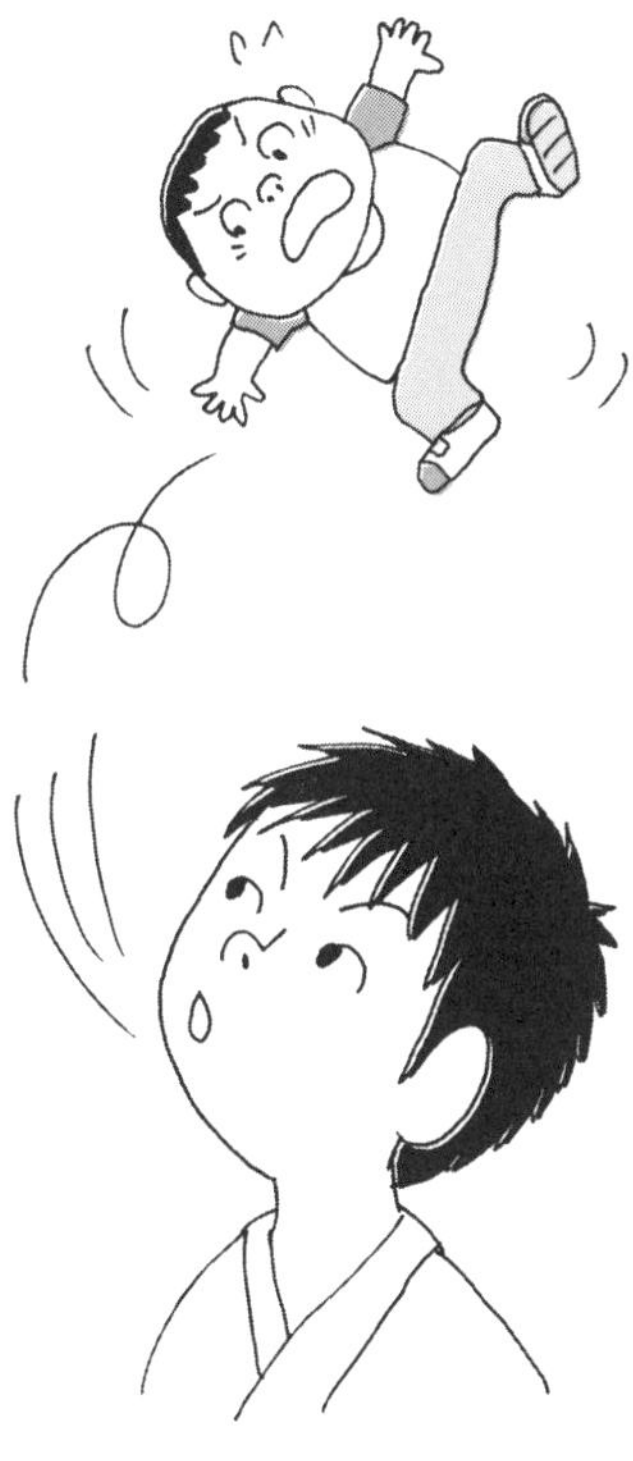

言葉の力

先生はいった。

「常にプラスの言葉を使うように心がけよう。たとえば『今日は調子がいいぞ』『友だちは自分を信じてくれる』『いい結果が出る！』プラスの言葉を使っているだけで元気がわいてくる」

なるほどね～。

「言葉は、毎日の生活に大きく影響《えいきょう》している。他の人に対して、マイナスの言葉を使わないようにしよう。マイナスの言葉をいわれると、それが原因で落ちこんで、病気になってしまうこともある」

ぼくも虎之助《とらのすけ》から「トロい」「アホ」「弱い」とかいわれて、やっぱりそうなのかと何度も落ちこんでしまった。きっとその言葉が、心の倉庫《そうこ》にしまいこまれてしまったんだ。先生はいう。

「いつもプラスの言葉を使うように心がけよう。自分が話す言葉は、すぐ近くから聞こえてくるから、そのまま心の倉庫《そうこ》に入る。心の倉庫の中がプラスにかわると、なんとなくできないと思っていたものも、なんとなくできると思えるようになってくる。最初からできないと決めつけているのと、できると信じるのでは、自ずと結果もちがってくる」

自分の話す言葉が、心の倉庫《そうこ》に入るなんて、思ったこともなかったな（汗《あせ》）。

「何かをやりとげたいと思ったら、『できない』『無理だ』といわずに『必ずできる！』『ぜったい成功《せいこう》する！』とプラスの言葉を口にし、成功すると信じよう！」

そして先生は、「できたことノート」をつけるといいと教えてくれた。

一日を通して、「できなかったこと」ではなく「できたこと」を記録する。日記とはちがうプラスの記録ノートだ。

家に帰ったぼくは、さっそくこのノートをつけることにした。

「今日はいわれる前にゴミ出しをした」「道場に早めに着いた」「宿題を早めにかたづけた」……。

こうやって書き出したら、「けっこう自分、がんばってるじゃん」って思えてきたから、不思議《ふしぎ》だね！

極意その六　相手の氣《き》を尊《たっと》ぶべし

今度はゲームだって？

だけど、ぼくの試練《しれん》はやっぱり続いた。虎之助《とらのすけ》がまた教室で近づいてきて、今度は、こんなことをいわれてしまったんだ。

「氣一郎、ひょっとしてシルバークエスト持ってない？」

シルバークエスト？　それって、ぼくが命より大切にしているゲームソフトだ。破《やぶ》られていたマンガを思い出したとたん、また頭に血がのぼり、パニックになってしまった。ノドがしめつけられるように苦しい。

「え……」

ぼくが口ごもったのを、虎之助は見のがさなかった。

「持ってるんだな？」

「う、うん」

ウソをつくのはいけないと思ったぼくって、人がよすぎ……。

「じゃ、今度貸《か》してくれ！　いいな！」

「あ、ああ……」

虎之助《とらのすけ》は、ぼくの返事に満足そうな顔をし、はなれていく。

あちゃー。どうしてまたこんな事になっちゃったのか。

本当はイヤだっていいたいのに……。

もし大切なゲームまで、こわされちゃったら、どうしよう（涙《なみだ》）。

相手が発する氣《き》

ちょうどその木曜日、合氣道の佐藤先生は、こんな話をしてくれた。

「氣が出ていると、自分以外の人のことも考える余裕《よゆう》が出る。相手の気持ちがわかったら、自分のことだけ考えるのではなく、相手の氣を尊重《そんちょう》する。そして相手の氣がどう動いてくるかをキャッチし、その氣を導《みちび》き、技をかける。これが合氣道だ」

佐藤先生は語る。

「じつはこれは、人と人との関係でも同じなんだ。自分のことだけ考えていると、必ず相手とぶつかってしまう。相手の思いも考えて、それを理解《りかい》すれば、ケンカにならない。この前も話したように、たとえ苦手だと思った人でも、こちらから理解しようと努めれば、『へえ、こういういい所もあったんだ』と、気づいたりする」

そうかなあ。やっぱり虎之助《とらのすけ》のことは、とてもそんな風には思えないな。

先生はいった。

「相手が突《つ》いてくるとき、その手だけを見ていると、全体を見ることができずに、うまく対応できない。相手の一部分ではなく、その人の全体を見ることが大事だ」

そういえば……、ぼくは担任の林子《りんこ》先生のことは、ちょっと見直していた。

最初は口うるさいのが気になったけれど、先生に注意された姿勢《しせい》とか声の大きさとかを直したら、他の子にバカにされることがなくなったからだ。

クドクドいうのも、本当は自分のことを心配してくれているからかな、なんて思えてきて……（汗《あせ》）。

佐藤先生は教えてくれた。

「武道でもスポーツでもなんでも、相手をおしのけようとすると、おたがいの氣《き》がぶつかり合ってよくない。『争う』のではなく、おたがい自分自身をみがいて『競《きそ》い合う』。この方法が、自分を一番まっすぐ成長させてくれる道なんだよ」

友だちとうまくいかなかったら

でもぼくは、どうしても虎之助《とらのすけ》のことだけは、そんな風に前向きに考えられなかった。

だからその日、合氣道《あいきどう》の稽古《けいこ》が終わった後、佐藤先生に道場のすみでこっそり相談してみた。

「ちょっと教えてもらいたい事があります」

と前に静坐《せいざ》して頭を下げたら、

「あぐらでいいよ」

といってくれたので、おたがい楽な体勢《たいせい》で向かい合った。ぼくは、切り出した。

「どんな相手でもその氣を尊重《そんちょう》して、うまくやっていこうとがんばらなくちゃいけないんですか？　ぼくじつは、虎之助っていう子にずっといじめられていて」

チクったといわれるのが怖《こわ》くて、親にも林子《りんこ》先生にも話したことがなかったのに、なぜか佐藤先生には正直に打ち明けられた。

マンガのことや、今度はゲームを貸《か》せといわれていること……。

話しながら、つい涙《なみだ》ぐんでしまった。

すると、いつの間にか和香菜《わかな》ちゃんや修真《しゅうま》も聞きつけて、そばによってきた。

和香菜ちゃんもいってくれた。

「虎之助《とらのすけ》に、いつかそうじ当番ぜんぶやらされてたよね」

修真も、おどろいている。

「クラスがちがうから知らなかったけれど、そんなひどい目にあってたの？」

すると先生は、こう教えてくれた。

「それは大変だね。そんなにいつもいやな目にあっているのなら、まずは心を決めて、もう何も君には貸したくないと、いいたい事をはっきり伝えることが大事だね。

それでも、もしその子とこのままつきあうのが、どうしても危険《きけん》だと思ったら、自分の身を守るために『間合《まあ》い』をとるのも一つの方法だよ」

え？　間合い？

間合いとは、合氣道《あいきどう》で相手との距離《きょり》感のことをいう。間合いが近すぎると、攻撃《こうげき》されやすくなってしまう。

……そうか。間合いか。少し距離を置いてもいいのか。

「それは、つきあいをやめるということですか？」

先生は、こうアドバイスしてくれた。

「そうだ。しかし、間合いをとるにしても、まずはこちらの気持ちをはっきり伝えないと、今の関係をかえるどころか、もっと追いかけられてしまうよ。心を決め、氣をしっかりと出しながら、いいたいことを伝えるんだ。そうやって話し合えば、うまくいく場合もあるし、そうでないこともあるだろう。しかし少なくとも、自分一人でがまんしている状態《じょうたい》は終わるはずだし、後で、あのときああしていればと、くやむこともなくなるはずだ」

……でも、できるかなあ（早くも弱気）。

いけない、いけない。何事も「できると信じる」ことが大事だった！

ぼくの頭の中に、「できたことノート」が浮《う》かびあがってきた。

そこには大きい字でしっかりと、「虎之助《とらのすけ》にはっきり断《ことわ》った！」と書かれている！

そこへ修真《しゅうま》が、ぼくの肩《かた》をたたいてこういった。

「がんばれよ。もしぼくにも、何かできることがあったらいってくれ！」

和香菜《わかな》ちゃんも、はげましてくれた。

「わたしも、応援《おうえん》してるよ！」

うれしくて、涙《なみだ》がこぼれ落ちた。

ずっと一人で悩《なや》んで苦しんでいた。

三人に打ち明けて、心がふっと軽くなったのがわかった。

いい先生にめぐりあえたことに、こんないいなかまができたことに、心から感謝《かんしゃ》したいと思った。

思いがけない結果に

まさにその次の日のことだった。
学校の帰り道、虎之助《とらのすけ》が追いかけてきて、ぼくをこづきながら、こう命令してきた。
「シルバークエスト、すぐここに持ってこい！」
……ついに、この日がきた！
ぼくはさっと、半身《はんみ》で後ろに下がり、その手をふりはらった。
合氣道《あいきどう》の稽古《けいこ》が、もろに役に立った。
佐藤先生の「心を決めろ！」という声が頭の中に響《ひび》く。
一呼吸《こきゅう》置く。よし、心を決めた。
びっくりして後ずさりする虎之助に、きっぱりといってやった。

「いやだ！　ぼくはおまえに、何も貸《か》さない！」

「どーしてだよ」

「だって、ちゃんと返さないじゃないか」

「今度はちゃんと返すから」

「それでも、ぜったいダメ！」

がんばるんだ。佐藤先生も修真《しゅうま》も和香菜《わかな》ちゃんも、みんな応援《おうえん》してくれているんだし……。

気がつくと、道場で習った自然な姿勢《しせい》で、虎之助《とらのすけ》の前にすっと立っていた。

われながら、氣《き》がしっかり出ているなと思った。

ぼくは、続けてこういった。

「それに、マンガが破《やぶ》れてたじゃないか。あれって、いじめだろう？」

すると思いがけないことに、虎之助は、えっという顔で目を見開いた。

「破れてた？　本当か？」

「……うん！　何ページも！」
　虎之助《とらのすけ》は、明らかにびっくりしている。
そして困《こま》ったような顔で、こういった。
「じゃあ、ちょっとそれここに持ってきて」
　ぼくは、家に走って帰ってマンガを
とってくると、道で待っていた虎之助に見せた。
　あちこちのページがボロボロになったり、
一部がなくなったりしているのを見て、
虎之助はオロオロしている。
「知らなかった。きっとだれかに
貸《か》したときに破《やぶ》れたんだ。ごめん……。
あの日、やっとオレのところに返ってきた
ところだから、中を見てなかったんだよ」

「え？　そうなの？」

「……うん。知ってたら、さすがにあやまったよ。このマンガ、自分の小遣《こづか》いで買ったんだろう？　ホント悪かったな……」

そういって頭を下げた。

うっそー！　虎之助《とらのすけ》が破《やぶ》いたんじゃなかったの？

ぼうぜんとしているぼくを前に、急にそわそわし出した虎之助は、

「いったいだれがやったのか、これからつきとめなくちゃ……」

といいながら、あっさり帰ってしまった。


そこへ、だれかが後ろから近づいてくる気配を感じた。

ふりむくと、ニッコリほほえむ和香菜《わかな》ちゃんだ。

どうやら、ぜんぶ見られていたらしい。

「氣一郎《きいちろう》くん、やったね！」

とうとう、あこがれの和香菜《わかな》ちゃんにも、ほめられちゃった！

「うん。応援《おうえん》してくれて、ありがと。マンガを破《やぶ》いたことをいったら、虎之助《とらのすけ》も知らなかったみたいで、あやまってきてびっくりした」

和香菜ちゃんは、うふっと笑った。

「虎之助は、意外と細かいこと気にするタイプなんだよ。いつも乱暴《らんぼう》で強引なくせにね。うちのお母さんが教えてくれたんだけど、いつか虎之助がお父さんの大事なワイングラスを割《わ》っちゃったときは、家でずっと小さくなっていたんだって」

信じられない！　そんな一面もあったのか。

佐藤先生が「相手を見るときは、一部ではなく全体を見て」といったことを思い出した。

そうか。もしかするとぼくの心の倉庫《そうこ》に、「虎之助は悪いやつだ」「虎之助はいじめっ子だ」という思いが入っていたせいかもしれない。

だから最初から「いじめにちがいない」って、思いこんでいたんだ。

つまり虎之助《とらのすけ》って、それほど悪いやつじゃなかったってこと?

この事件は、これで終わらなかった。

その日の夜、虎之助が両親といっしょに、うちにおわびに来たんだ。

よほど気にしたのか、正直に親に打ち明け、どうやってあやまればいいか相談したんだって。

「ごめんな。マンガ破《やぶ》れてて……。あれから、いったいだれがやったんだって、聞いて回ったんだけど、だれも自分がやったっていわなくて」

そりゃ、そうだろうな……。

虎之助のお母さんは、お菓子《かし》の箱を差し出して、

「すみませんでした。しかもマンガを長いことお借《か》りしたそうで」

とあやまっている。

ぼくも、道場で習ったように、姿勢《しせい》を正してきちんと頭を下げた。

「いえ、いいんです。だいたい、破《やぶ》いたのは他の子だし。ぼくも、誤解《ごかい》して悪かったです」

虎之助《とらのすけ》は、きっぱりとこういった。

「でも、借りたのは自分だから、責任《せきにん》をとってあやまります」

すごいなあ。ぼくなら、他の子のせいにしちゃいそうだ。

うちの両親も、

「虎之助くんのせいじゃないのに、わざわざ申し訳《わけ》ありません」

といっている。

マンガについては、おわびに来てもらったこともあり、もうおたがい気にしないということで話がまとまった。

するとその後、虎之助のお父さんが、ぼくにこうたずねた。

「ところで、氣一郎《きいちろう》くんは、さっきのおじぎの仕方もきちんとしていたね。合氣道を始めたんだって？　どんな感じだい？　楽しい？」

ぼくは、しっかりと相手を見て答えた。

「楽しいし、いろいろ役に立っています。思ったこともはっきりいえるようになって……」

お母さんも、そばで自慢《じまん》した。

「合氣道《あいきどう》を始めたとたん、行動が速くなったし、返事やあいさつもよくなったし、成績《せいせき》まであがってきたんですのよ……。オホホ」

お母さんったら、調子に乗りすぎ……。

すると虎之助《とらのすけ》の両親は、身を乗りだしている。

「それは、すごいですね！」

そして、次の週の木曜日のこと。

道場には、白い帯をしめた虎之助がいた。

ぼくの話を聞いた虎之助《とらのすけ》の親が、道場に行って先生と話し、息子に合氣道を習わせることを決めたらしい。

前から、何か武道を習わせて、礼儀《れいぎ》正しい子にさせたかったんだって……。

もちろん佐藤先生も、修真《しゅうま》も和香菜《わかな》ちゃんも、ぼくからその後の話を聞いていたから、虎之助の入門を心から歓迎《かんげい》した。

みんなでこれから、「争う」のではなく「競い合って」精進《しょうじん》していけたらサイコーだ。

いろいろあったけれど、思い切って心を決めたことで、とてもいい結果になった！

その秋、ぼくは先生の前で技をやってみせる「昇級審査《しょうきゅうしんさ》」に合格し、心身統一合氣《あいき》道《どう》九級の黄色い帯をしめることができた。

ぼくの目標は、いつか四級の修真《しゅうま》に追いつくこと。

そして大人になったら、佐藤先生みたいな合氣道の達人《たつじん》になること。

もしそれができたら、ぼくに「氣一郎」という名前をつけてくれたおじいちゃんも、天国できっと喜んでくれるにちがいない。

終わりに

心身統一合氣道会　会長　藤平信一

「合氣道《あいきどう》」という言葉を知ってはいても、くわしくは知らない。そういう方が多いのではないでしょうか。合氣道は日本発祥《はっしょう》の武道で、世界中で学ばれています。みなさんが合氣道を選ぶ理由は、「強くなりたい」「自分の身を護《まも》れるようになりたい」「礼儀《れいぎ》作法を身につけたい」など実にさまざまです。

心身統一合氣道では、まず技の土台となる「自然な姿勢《しせい》」を学びます。さらに、心の静め方や呼吸《こきゅう》の整え方を学び、「持っている力を最大限に発揮《はっき》できる」ようになるために技の稽古《けいこ》をしています。どれだけ能力を持っていても、試験や試合など、大事な場面で能力が発揮されなければ意味がありません。そのため、さまざまな分野の最前線の方々が心身統一合氣道を学んでいます。

たとえば、プロ野球の王貞治《おうさだはる》さんは、現役時代に先代の藤平光一《とうへいこういち》先生の元で稽古をして「一本足打法」を身につけました。現在では、メジャーリーグのチームも心身統一合氣道《あいきどう》を学んでいます。

企業における人材育成の研修《けんしゅう》や、小学校・中学校の体験学習にも取り入れられています。

みなさんは、こういった方々がなぜ合氣道を学ぶのか疑問に思うかもしれません。それは心身統一合氣道の稽古《けいこ》を通じて、持っている力を最大限に発揮《はっき》できるようになるからです。

心身統一合氣道の子どもクラスにおいても同じ目的で稽古をしています。さらに、あいさつや返事をする、履《は》きものをそろえる、集中すべきときに集中する、落ち着きを得るといった社会生活の基本を習慣《しゅうかん》づけしています。こういった一つ一つのことにも意味があることを、氣のテストによって学んでいきます。昨今は社会人になってもこれらができず、苦労をしている人がたくさんいます。子どもの頃《ころ》に身につけておくことは、とても大切なことです。

また、子どもクラスにはさまざまな学年のお子さんが集います。学校の友だちは同学年が多いと思いますが、道場はそうではありません。年長のお子さんは年少のお子さんの面倒《めんどう》を見て、年少のお子さんは年長のお子さんに敬意《けいい》を払います。同学年の友だちが「横の繋《つな》がり」とすれば、道場の関係は「縦《たて》の繋《つな》がり」といえます。これは、上の立場の者が偉《えら》いと刷りこむ「上下関係」とは異《こと》なるものです。健全な縦の繋がりを理解することは、いずれ社会に出て良好な人間関係を構築《こうちく》するうえで大きな財産《ざいさん》になることでしょう。

さて、日本語には「元氣《げんき》」「やる氣」「氣がつく」「氣が合う」など「氣」のつく言葉がたくさんあります。その「氣」こそ、本書がお伝えしているものです。「氣」は特別な人が持っている特別な能力ではありません。だれもが持っていてだれもが活用できるものです。

道場の稽古《けいこ》では、「氣が通《かよ》っている」「氣が滞《とどこお》っている」違《ちが》いを学びます。氣が通っているときは、周囲のことがよく感じられ、視野《しや》も広く、的確な判断ができます。反対に、氣が滞っているときは、周囲のことがよく感じられず、視野もせまく、判断を誤《あやま》ってしまいます。

問題は、氣が滞っているときに自覚がないことです。自覚がないものは直しようがありません。しかし、技の稽古を通じて、「氣が通っている」「氣が滞っている」という感覚が身についてくると、氣が滞っているときに自覚を持てるようになります。すると、本書で紹介《しょうかい》した氣の呼吸《こきゅう》法などで、自分の力で氣の滞りを解消《かいしょう》することができるのです。

「氣《き》が通《かよ》っている」ことは、お子さんが身を護《まも》る上でもとても重要です。氣が通っているときは周囲のことがよく感じられるので、危険を事前に察知することができます。本当の護身術とは、危険に遭遇《そうぐう》して対処することではなく、危険を事前に察知して回避《かいひ》することです。合氣道の技を使わなければいけない状況はすでに手遅《ておく》れということです。「氣が滞《とどこお》っている」ときは、周囲のことをほとんど感じられないので危険を事前に察知することができません。最近ではスマートフォンに意識をとられて、氣が滞っていることが多いようです。特に、電車やエレベーターなど間合いを取ることができない場所に行くときは要注意です。同じ空間に入る人を確認《かくにん》しておくことが重要です。日本は海外に比べて安全なため、危険に対する意識がたいへん低いようです。お子さんがいずれ海外で活躍《かつやく》しようとするならば、こういった訓練が不可欠です。

本書の内容に戻《もど》りましょう。主人公の氣一郎君は、何かあったときに自分の氣持ちをはっきり伝えたりすることができません。学校でも家庭でも、常に怒《おこ》られるか注意をされています。

まさに、氣《き》が滞《とどこお》っている状態でした。道場での稽古《けいこ》に基づき、先生や仲間との関わりを通してさまざまなことを学ぶことで、少しずつ氣が通《かよ》っている状態にかわっていきます。それと共に、日常生活のさまざまなことがうまくいくようになっていきます。実は、本書に出てくるエピソードは、すべて道場で実際にあった出来事を元にして物語になりました。本当は能力を持っているのに、氣が滞ることで発揮《はっき》されず、「自分はだめな人間だ」と考えているのは氣一郎君だけではないはずです。

心身統一合氣道に興味《きょうみ》はあるが、一歩を踏《ふ》み出すきっかけがないというみなさんが、本書を通じて少しでも身近なものに感じて頂《いただ》けましたら幸せに思います。

「心身統一合氣道とは」

心身統一合氣道は、私の師匠《ししょう》であり父でもある先代の藤平光一《とうへいこういち》先生によって創見された武道です。心身統一合氣道は現在、世界二四カ国で約三万人が言葉・文化・宗教の違《ちが》いをこえて学んでいます。

一九二〇年生まれの藤平光一《とうへいこういち》先生は、激動《げきどう》の時代に三人のすばらしき師匠《ししょう》に恵まれました。山岡鉄舟《やまおかてっしゅう》の教えを説いた小倉鉄樹《おぐらてつじゅ》師、合気道の開祖である植芝盛平《うえしばもりへい》師、そして心と身体の関係を説いた中村天風《なかむらてんぷう》師です。偉大《いだい》な師匠の教えを受け、厳《きび》しい修行《しゅぎょう》の末に体得し、体系化したのが心身統一合氣道です。

藤平光一先生は、第二次世界大戦後に単身で海外に渡りました。まだ弟子が一人もいなかった海外に、合氣道を普及《ふきゅう》するためです。そして世界中に合氣道を伝えた最初の人物となり、のちに、植芝盛平師から合氣道の最高段位である十段を許《ゆる》されました。植芝盛平師ご逝去《せいきょ》の後、新たに「心身統一合氣道」として普及することになりました。

私は心身統一合氣道の継承者《けいしょうしゃ》ですから、合気道全般を語る立場にはありません。本書の内容はすべて心身統一合氣道に基づいています。本書の内容を実際に体験されたいという方は、全国にある心身統一合氣道の道場までぜひ足をお運びください。

参考文献

『氣の呼吸法』藤平光一（幻冬舎）
『氣の威力』藤平光一（幻冬舎）
『心を静める』藤平信一（幻冬舎）
『心と身体のパフォーマンスを最大化する「氣」の力』藤平信一（ワニブックス）
『一流の人が学ぶ氣の力』藤平信一（講談社）
心身統一合氣道会ホームページ　http://shinshintoitsuaikido.org/

監修――**藤平信一**（とうへい　しんいち）

幼少から藤平光一（合氣道十段）より指導を受け、心身統一合氣道を身に付ける。
東京工業大学生命理工学部卒業。心身統一合氣道会会長。心身統一合氣道の継承者として、国内外で心身統一合氣道を指導・普及している。慶應義塾大学では體育會合氣道部の師範を務め、また、非常勤講師として一般教養の授業で心身統一合氣道を指導する。心身統一合氣道を人材育成に活用し、経営者・リーダー・アスリート・アーティストなどを対象とした講習会、教育機関での講演会、企業研修で指導している。

文――**高橋うらら**（たかはし　うらら）

慶應義塾大学経済学部卒業。慶應義塾體育會合氣道部出身。児童向けノンフィクションを中心に執筆。日本児童文芸家協会理事。主な作品に『可能性は無限大―視覚障がい者マラソン道下美里』（新日本出版社）、『夜やってくる動物のお医者さん』（フレーベル館）、『おかえり！アンジー東日本大震災を生きぬいた犬の物語』（集英社みらい文庫）などがある。

絵　堀江篤史

デザイン　山田武

ぼくの毎日をかえた合氣道
だれでも一〇〇％の力を出せる極意

２０１８年６月30日　初版第１刷発行

監修　藤平信一
文　高橋うらら
発行者　岩崎弘明　編集　島岡理恵子
発行所　株式会社岩崎書店
〒１１２-０００５
東京都文京区水道１-９-２
電話　０３-３８１２-９１３１（営業）
０３-３８１３-５５２６（編集）
振替　００１７０-５-９６８２２
印刷・製本　株式会社光陽メディア

NDC913　19×13cm　ISBN978-4-265-84015-1

乱丁本・落丁本は小社負担にておとりかえいたします。
岩崎書店ホームページ●http://www.iwasakishoten.co.jp
ご意見、ご感想をお寄せください。E-mail●hiroba@iwasakishoten.co.jp